D+

dear+ novel

jounetsuno kunide dekiai sarete ・・・・・・・・・・・・・

情熱の国で溺愛されて

華藤えれな

新書館ディアプラス文庫

情熱の国で溺愛されて

contents

illustration：えすとえむ

情熱の国で溺愛されて

Jounetsuno kunide dekiai sarete

八月の午後の昼下がり。

石造りの建物がじりじりと太陽に灼《や》かれ、バルセロナの路地に濃い影が広がっていた。

ランチタイムが終了した午後五時から六時頃、スペインの光と影が最も強く現れる時間帯である。

さすがにバカンスシーズンを利用した観光客以外に、うかつに陽ざらし道を歩く者はいない。

水を打ったような静けさが広がっている路地裏。けれどその部屋には、外の暑さとは似て非なる熱気が立ちこめ、静けさとは無縁の空間が広がっていた。

荒々しく軋《きし》むベッドの音、甘ったるい喘《あえ》ぎ声、濃密な息遣い。カーテンの隙間から差しこんでくる強い陽射しを気にすることもなく、那月《なつき》は男の腕の下で声にならない声をあげてもがいていた。

「ん……あ……ああ……はあっ」

男の長い指が首筋や胸をまさぐり、乳首をピンと弾《はじ》いただけで、下肢《かし》のあたりにズンと重苦しい疼《うず》きが広がっていく。すでに形を変えた性器から、とろとろとした先走りの雫《しずく》があふれ、腿《もも》を伝ってシーツに冷たく染みこんでいた。

もう何日くらいこんなことをくりかえしているだろう。昼下がりと深夜と、一日に二回、この男と身体をつないでいる。猛々《たけだけ》しい剛直《ごうちょく》に貫《つらぬ》かれ、粘膜《ねんまく》の奥の奥までいっぱいになるのを感じながらその背に腕をまわして唇を貪《むさぼ》りあう。

「……っ」

うっすらと開けた眸《ひとみ》に、ゆらゆらと揺れるカーテンの隙間から、太陽に照らされた教会の塔がまばゆく光って見える。聖家族教会《サグラダ・ファミリア》。ガウディの未完の傑作としてバルセロナ観光の最大のシンボルを担《にな》っている。そういえば、何日もここにいるのに、まだあの教会の観光をしていなかった。

帰国までに行くことができるのだろうか。せめてあの教会くらい見ておきたい。

そんなことを考えていると、男が那月のほおを手のひらで包みこみ、問いかけてきた。

「どうする……このままずっとスペインにいるか？　俺のそばに」

うなずきたい衝動がこみあげてくる。俺も、俺もここにいたい、ずっとここにいたい——と。

けれど衝動のまま「ああ、ここにいたい」と返事をすることはできない。

もうすぐ日本に帰らないといけない。ここにいられるのももうわずか。自分はただの旅行者でしかない。

この旅先での短い関係。夏のスペインの太陽のように、激しく容赦《ようしゃ》なく、いつのまにか心も身体も奪っていったこの男。

あの日、あのまま帰っていたらこんなことにはならなかったのに。いや、あの日、この男と会わなければ。いや、スペインにさえ来なければ——。

その男――スペインの光と影を象徴するような美しい男と出会ったのは、今から数週間前、那月が日本からバルセロナに到着したまさにその日の夜だった。

◇◆◇

ホテルの外に出ると、バルセロナの街が夜の帳《とばり》に包まれていた。

中世の香りが漂《ただよ》う古めかしい建物がひしめきあう路地の奥に、那月の目的地はあった。

「ここ……か」

住所を頼りに進んでいった先にある一軒の店。重い扉を開けると、カスタネットの音と男の低いかすれたような歌声が聞こえてた。

物憂《ものう》げなフラメンコの音楽に乗り、ステージで一人の男が踊っている。

しなやかな野獣が夜の密林を颯爽《さっそう》と駆け抜けていくような、そんな印象だった。

気取った帽子をかぶり、綺麗に整えられた黒髪、黒い眸、やや浅黒い肌をした色悪《いろあく》のようなイケメンが静かな旋律《せんりつ》に乗って踊っている。

典型的なスペイン南部の人間を思わせる長身の男が漆黒《しっこく》のスーツを身につけ、ステージでフラメンコを踊る姿は、ラテン系の男特有の妖艶《ようえん》な美しさに満ちていた。

ああ、スペインにやってきた。

一瞬でそんな実感を得たのは、このときだったかもしれない。

本当は、医師国家試験を控《ひか》えた今、海外旅行になどくる予定はなかった。

一刻も早く帰りたかった。そもそもこんなにもガヤガヤとしたうるさい街は好きじゃない。

スペイン自体、もともと大嫌いだった。

この国に来て、街を歩いたとたん、スペイン嫌いがさらに加速する気がした。空港からのバスは遅れるし、いきなり隣に座ったおじさんが家族自慢をしてくる。道を訊いたら寄ってたかってわからないのに知ったかぶって間違った場所を教えてくるし、ちょっとぼんやりしていると、文法の間違った英語で話しかけられる。

やっぱりこの国は好きになれない。あまりにも日本と違いすぎる。そう思いながらこの店にたどり着いたのだが、那月は一瞬でステージの上のフラメンコダンサーに魅入《みい》られてしまった。

あまりに美しかったというのもあるが、そのステージが外国人が抱《いだ》くスペインという国のイメージそのもの——いい意味での異国情緒に満ちたものだったからだ。

「お客様、どうぞ、席についてください」

ウエイトレスから英語で話しかけられ、那月はハッとした。とっくにステージでのダンスは終わり、ギター演奏が始まっている。

なにを見惚《みと》れているんだ、俺は。と、自嘲気味に苦笑し、ホールを見渡した。

すでに座席は埋《う》まっている。カウンターもいっぱいだが、端っこの方に隙間がある。仕方なくそこに行き、那月は肩からかけていたリュックを足元に置いて、一脚だけ残っていた背の高い木製の椅子に腰を下ろした。

フラメンコショーのある深夜のバルで酒を飲み交わしている若い男女たち。夏ということもあって、陽に焼け、露出度の高い服を着た二十歳前後の客たちは、小柄でメガネで色白、かっちりと襟元《えりもと》のボタンを留めた白い半袖《はんそで》のシャツにズボンといった、明らかに場違いな東洋人を気にとめることもなく楽しげに飲みながらステージを見ている。

スペイン第二の都市――バルセロナ。今朝、ドバイ経由の格安航空券で二十時間以上かかって日本からやってきた。

まだ二十四歳とはいえ、さすがに長いフライトのせいで身体は疲れている。けれど市街地のホテルにチェックインしたあと、那月は休むこともなくここにやってきた。

夏休み中とはいえ、医学部の六年に在籍する那月に、悠長に海外旅行をしている余裕はない。来年の医師国家試験のためにも。

(そうだ……目的さえなかったら……来なかった)

この地には、数ヵ月前、事故で亡くなった兄の遺品があると連絡があったから、受けとるためだけにやってきたのだ。

両親ともに医師、八歳年上の姉もその夫も医師、そして末っ子の那月も医師を目指している。

そんな家庭のなかで、五つ年上の兄の義一《よしかず》は一人だけ鬼子《おにご》だった。堅苦しい家の雰囲気を嫌い、自由を求めるかのようにスペインのフラメンコにはまってダンサーを目指していた。

もちろん両親からは大反対され、親戚中からも非難された。

けれど那月はそんな兄の姿にひそかに憧れの気持ちを抱いていた。決められたレールからはみだすことが大変なのはわかっていたし、親に反発してでも自分の道を貫こうとする兄を、子供ながらカッコよく感じていたように思う。

『お兄ちゃん、頑張って。俺はお医者さんを目指すよ。家族みんなが望んでるからじゃなく、昔、海水浴で事故にあったとき、助けてくれたドクターヘリのお医者さんみたいになりたい。だからお兄ちゃんは世界一のダンサーになって。でもどうしてフラメンコが好きなの？』

『ありがとう、応援してくれるのは那月だけだよ。フラメンコが好きなのは自由を束縛されていたジプシー《ヒターノ》たちの、自由を渇望《かつぼう》する心の叫びのような踊りだからだ。その気持ちが痛いほどわかる。だからこの世界に惹かれている。いつかぼくはスペインに行くよ。そして本物のダンサーになる』

兄は口癖のように呟いていた。

自由を渇望する心の叫び……。兄はそこまで自由を求めていたのかと改めて痛感し、自分だけでも応援しなければと思っていた。

だから信じていた、日本を出るときには必ず声をかけてくれると。だが、兄はなにも言わず、ある日、忽然《こつぜん》と日本から消えた。

半年ほど経って、『ごめん、父さんにスペイン行きを止められそうになったから誰にも言えなかった』というメールが来たのだが、そのときの絶望感、裏切られたような感覚は忘れられない。

たとえ知っていたとしても、自分が父に言うことはないのに。兄から信頼されていなかったのだと思い、心が凍りつきそうになった。スペインというものに、最初に嫌悪《けんお》を感じたのはその絶望がきっかけだったのかもしれない。

それでも那月は兄とメールで連絡をとり、彼が帰国するたび、会いに行き、懸命に応援し続けた。数年間、兄はスペインのフラメンコ学校で技術を磨《みが》き、小さな舞台で踊るようになり、ようやくバルセロナでプロとしてステージに出られるようになった矢先、労働ビザの関係で帰国しているときに事故で亡くなってしまったのだ。今年の初めのことだった。

実家であっさりと行われた葬儀。遺品もなにもない。兄の荷物はスペインに残ったままだった。

那月はその遺品を受け取るため、この旅行を計画した。

そんな用事でもなければ、国家試験を半年後に控えた今、海外旅行、ましてや大嫌いなスペインに来ることなどなかっただろう。

(兄さんは……幸せだったんだろうか、この街で。いや、幸せだったんだろうな。憧れて恋い

焦《こ》がれてやってきたこの街で、プロとしてステージに立てるようになったのだから）

そんなことを考えながら、那月はホテルから徒歩で十数分の路地裏にあるこのバルにやってきた。兄の遺品があるので、スペインにきて欲しいとメールを送ってきたビセンテという男に会うために。

午後十時にここにこいと書かれていたが、そろそろその時間になる。一体、どの男がビセンテなのだろう。

スマートフォンのアプリで店に着いたことを連絡したあと、那月はそれらしき人物がいないか店内を見渡した。ショーが終わり、店内にはＢＧＭとしてフラメンコ音楽が流れ始めている。急に踊り出す男女や、グラスを片手に大きな声で談笑をする集団。歌って踊って食べて飲んで喋《しゃべ》って……というのは、兄から聞いていた通りのスペインだ。

医師だらけの家庭、エリートばかりの親戚、教育熱心な両親、それに真面目で頭の固い姉と弟という堅苦しい環境が嫌いで、兄の義一はまったく家のなかとは正反対のスペインの雰囲気が好きだったという。家庭が反面教師になったらしい。

那月はその逆だった。医師になるため、静かな環境で勉強ができることを当然のように喜んで受け入れている身には、この異様なほどの無秩序な喧騒《けんそう》がたまらなく嫌だった。

できれば、夜の十一時までに寝て、朝早く起きて勉強がしたい。酒の匂いもタバコの匂いも喧騒も音楽も那月には耐え難《がた》いものがある。

早くビセンテという男に会えないだろうか。

他に東洋系はいないし、メガネをかけているものもいないのですぐに那月だとわかるだろう。兄の遺品を受けとったら、一刻も早くホテルに戻って、夏休みの課題の一つ——熱帯感染症のレポートを仕上げたい。たった四泊のスペイン旅行だし、観光はここにいる間に聖家族教会《サグラダ・ファミリア》に一回くらい行ければいい。だが混むようだったら行かなくてもいい。

早く声をかけてくれないだろうか、時間が惜しい……と、焦《あせ》りながら男を探していると、すっと目の前に赤ワインの入ったグラスを差し出された。

「え……」

顔に影がかかり、ハッとして見あげると、さっき、ステージでフラメンコを踊っていた美しい男がカウンターにもたれかかって那月を見下ろしていた。

「あの……」

「どうぞ」

「あ、いえ、俺はまだなにも注文していないので」

「おごりだ。さあ、これも」

カウンターにいるウエイターから小皿を何枚か受けとって男が那月の前に置いていく。生ハム——ハモンセラーノ、トマトサラダ、パエリヤ、イカのリングフライ、スペイン風オムレツ……と、典型的なスペイン料理が少しずつ小皿に盛られている。ふわっと香ばしく美味《おい》しそうな匂いが漂い、空腹が刺激されるが、ガイドブックに書かれていたことを思い出す。

旅先で見知らぬ相手がくれる食べ物は迂闊《うかつ》に食べてはいけない。睡眠薬が入っていて、口にした途端、一瞬で意識を失い、気がつけば、貴重品を奪われている――というケースが多い、と。

「いえ、けっこうです。見知らぬ人からごちそうになるわけにはいかないので」

「いいから、見知らぬ人でもないし」

「え……あの……」

「といっても、会うのは初めてだな。俺がビセンテだ」

その言葉に、那月はホッと肩で息をついた。会えた、この人がそうだったのか。

「あ……あなたが……。あ、初めまして。白石《しらいし》那月です。お世話になります。兄の義一の件ではご連絡くださり、誠に感謝の気持ちでいっぱいで」

二十代後半くらいだろうか。間近で見ると、ステージにいたときよりもずっと若々しく、それでいてどこか老成したような、知的な雰囲気が漂うミステリアスな感じの男だった。

「あの……兄の遺品はどこに？」

「今はない。明日のほうがいいだろう。こんな騒がしいところではなく、静かな場所で」

「え……明日……それは困ります」

「いいじゃないか、明日でも。先に、義一の弟と食事がしたかった。義一からよく聞いていたよ。ダンサーになるのを応援してくれる弟がいる、と。だからここに呼んだ。義一が働いていた店も見せたかったからな」

スペイン人にしては、信じられないほど流暢《りゅうちょう》な英語だった。文法も間違っていない。

「そうですか。それなら、明日、また出直してきます」

立ち上がった那月の手を男がつかむ。

「食っていけ」

「え……」

「俺が作ったイベリコ豚のパエリャだ。義一も好きだった」

男はパエリャの皿を那月に差しだした。こんがりと焼けたイベリコ豚とパプリカとエビの載ったサフランライス。とてつもなくおいしそうで、那月はゴクリと生唾《なまつば》を飲んだ。

「パエリアの前に、こっちがいいか?」

フォークでトマトをとって、那月の口の前に突きだしてくる。

「ほら、あーんして」

いきなり子供扱いされ、那月は苦笑した。

「あの……俺、もうとうに成人してます」

「義一もよくペペにそうやっていた。だから遠慮するな」

「待ってください。大丈夫です、自分で食べられますので。ではいただきます」

ペペというのがなにものか知らないが、那月はビセンテからフォークをとり、自分で食べた。

「えっ……な……」

驚いた。ただのトマトだ。それなのに何なんだ、このメロンのような食感は。甘くて美味しい。

そんな那月の気持ちがわかるのか、ビセンテはパエリャの皿にフォークを入れた。

「これもどうだ」

「あ、はい、いただきます」

パエリャも今まで食べたなかで一番美味しい。次はイカリング、その次はベジョータというイベリコ豚の最高級のハム……。だめだ、すぐに帰りたいのだが、胃袋がここから離れようとしない。

「どうだ、おいしいか？」

「え、ええ。子供のとき、日本で兄が何度かスペイン料理店に連れて行ってくれたことがありましたが、こんなにおいしいのは、食べたことがなかったです」

「当然だ、俺が作ったんだから」

「えっ、本当に？　あなたが？」

「ああ。もう一度自己紹介しよう。このバルのオーナー兼チーフシェフのビセンテだ」

「あ、でもさっきステージで」

「あれは双子の弟だ」

「ええっ」

「というのは嘘で、経費削減《さくげん》で、プロを雇《やと》うのも面倒なので俺が踊っている」

「は、はあ……」

目をぱちくりさせていると、ビセンテはおかしそうに笑っていきなり那月の肩を引き寄せてほおにキスしてきた。

「えっ、あ、あの」

「義一から聞いていた通りだ。繊細《せんさい》で優しげな風貌《ふうぼう》、食べ物に弱くて、素直なくせに真面目、どうでもいいような嘘にすぐに騙《だま》されてしまう。学年一の成績のくせに。最後に日本に戻る前も、可愛い弟の話をよく口にしていたよ。あんなにいい子はいない、きっといい医師になるだろうと」

クスクスと笑いながら言われ、那月はえっと眉をひそめた。

「えっ、待って、兄がそんなふうに俺のことを？　あの……それって、いつのことですか？」

「一緒に住むようになったのはここ二年くらいだが、口を開けばおまえの自慢話ばかりだったよ。那月はすごい、いつか救命医になってドクターヘリに乗りたい、そして国際的に人々の役に立ちたいと英語も頑張って……そんな弟の姿に刺激され、自分も負けられないという気持ちになると」

「……っ」

レポートの仕上げや国家試験の勉強をしたいので、ホテルに戻りたいという気持ちはまだ残っていたが、兄が自分のことをそんなふうに話しているのがわかり、ホッとして身体の力が抜けた。

ここ二年くらいといえば、ちょうど兄に嫌われていると思っていた時期と重なる。

兄は父に見つかるのを恐れ、用事があって帰国したときもまったく家に寄りつこうとしなかった。

那月にも帰国日を事前に伝えず、いつもいきなり『今から会わないか』と連絡してくるのだ。知り合いのフラメンコ関係者には前もって連絡していたにもかかわらず。

そのことにもやもやとした気持ちを抱いていたのもあり、二年前、兄が日本でのショーに出るため帰国したとき、那月はひどいことを言ってしまったのだ。『スペインで修行しているわりにまだまだだね。もっと立派なダンサーになってから招待してよ』——と、つい心にもないことを口にしてしまった。

そのときの兄のがっかりしたような顔は忘れられない。本当は『素敵だった、感動した』と言いたかったのに、ステージで輝いている兄を見ていると、自分の手の届かない場所に行ってしまった気がして、兄との溝《みぞ》が深まりそうな気がして淋しさを感じてしまったのだ。

そしてそれ以来、何となく会いづらくなって疎遠《そえん》になり、那月はずっと後悔していたのだ。

「よかった。兄は……俺のこと……嫌っていなかったんですね」

「嫌う？　まさか。ものすごく好きだったみたいだぞ。だから会うのを楽しみにしていたんだ」

「少し救われました。あ、あの……ビセンテさんは、そんなに兄と親しかったのですか」

「ビセンテでいい。義一とはずっと一緒に暮らしていたよ、この店の上のマンションで」

「一緒に？　では……まさか……あなたは兄と」

それはないだろう。どちらかというと同性に惹かれてしまう傾向《けいこう》のある自分と違い、兄は典型的な女性好きだった。とはいえ那月自身も同性に目がいってしまうものの、優等生としての姿を貫いているので、同性と恋愛したことはない。ただ、いいなと思うのがどうしても同性というだけだった。

「違うよ、義一は……。あっ、ちょっと待ってくれ。仕事だ」

彼がウエイターに呼ばれ、その場を離れたとき、足元に三、四歳くらいの子供がいることに気づき、那月はハッとした。ふわふわとした茶色の髪の、可愛い天使のような顔をした男の子だった。

「ビセンテ・パパ」

ビセンテ・パパ？　ぎょっとしたそのとき、子供から出た言葉に那月はさらに驚いた。

「あっ、義一パパ？　パパ？」

義一パパ？　どういうことだ。ビセンテ・パパだの義一パパだの……。

「ちょっと待って……あ、ちょっと待ってくれ」

子供はトコトコと店の外に向かう。あわてて追いかけたそのとき、ちょうど店をでた子供の前に二人乗りで暴走するバイクが突進してきた。心臓が凍りつきそうになる。

「危ないっ！」

とっさに飛びだし、那月は手を伸ばして子供を抱きしめていた。

「────っ！」

激しいブレーキ音が響き渡り、バイクがとっさに避けていく。しかしそのまま那月は勢いよく地面に倒れ込み、強く頭を打ってしまった。

ものすごい衝撃。頭がくらくらとする。

「わーん、義一パパ、義一パパ！」

「う……っ……っ」

子供の泣くかん高い音が路地裏の石畳《いしだたみ》にこだましていく。義一パパの意味を問うこともできず、那月は子供を抱いたまま、石畳の上で意識を失ってしまった。


遠くからフラメンコが聞こえてくる。

不思議な倦怠感《けんたいかん》に満ちた音楽。兄がよく聞いていたフラメンコ。あれはたしかソレアだ。

身体に痛みを感じながら、少しずつ意識をとりもどしていく。

「……っ」

ここはどこなのか。那月はまぶたをひらいた。

薄暗い部屋だ。ぼんやりとカーテンの隙間から漏れる光を頼りに、あたりを見渡す。

確か、子供を助けてそのまま意識を失って。

記憶をよみがえらせながら、那月は部屋の様子を確かめていった。

枕元にメガネがあり、それをつけるとパッと視界が明瞭になり、古めかしい建物のなかにいるのがわかった。といっても、内装はリノベーションされているのか、北欧風のようなモダンな室内だった。シンプルな白い壁に、明るいグリーンのソファ。白っぽいシンプルな家具。デザイナーズマンションのような部屋だった。

いいな、こういうところに住んでみたい……などと思っている場合ではない。果たしてここはどこなのか。チェックインしたホテルではない。あたりを確かめていると、足音が聞こえ、那月は反射的に視線をむけた。

「え……っ」

部屋の明かりがついたかと思うと、いきなり昨日の男の子が那月のベッドに飛び乗ってくる。

「オラーオラー、ミ・ティオ・那月、ケ・タル？」

可愛い声で話しかけられるが、スペイン語が全くわからない。いや、オラーだけはわかる。

英語のハローだ。だがそれ以上のスペイン語はわからず、ベッドで半身を起こしてキョトンとしていると、昨日のあのビセンテという男が中に入ってきた。

「ペペは、那月叔父さん、元気？　と訊いているんだ」

ペペ……。この子供はペペという名前なのか。いかにも子供って感じの名前だが、ペペだなんて大人になったらかわいそうだと思いながら、那月はハッとした。

「待って、叔父さんということは……まさか」

「そう、そのまさか。義一の子供だ」

「――っ」

昨日は那月を見て義一パパと呼んでいた。姿形が似ているせいだろうか。確かにこの子はよく見れば、和風の血が入っているようにも見える。兄に似ていなくもない。

「俺の妹のラウラと義一の子のホセだ」

「ホセなのにペペ……ですか？」

「スペインでは、ホセをペペと呼ぶんだ。その子を産んでラウラがすぐに亡くなったので、義一と俺とでここで育てていた。俺が働いている間は、専用のシッターを呼んでいるんだが、昨日は、店に入ってくるきみの姿を上の階の窓から見ていて、義一と間違えて店内に探しにやってきたんだ」

「そう……そうだったのですか」

兄の子供。兄に子供がいたなんて知らなかった。ものすごく驚いているが、兄に忘れ形見が存在していたことに胸が熱くなって涙がこみあげそうになる。何て可愛いんだろう。天使のようだと思った。姉夫婦にも女の子が二人いるが、ここにもう一人、血縁の子がいたとは。

「それが義一の遺品だ」

「……っそういうことだったのですか。あの……この子、英語は？」

「だめだ、スペイン語しか話せない」

「それでは、コミュニケーションが取れないですね。せっかく兄の子供に会えたのに」

「きみが覚えればいい。夏休みだろう？　一ヵ月くらいここにいれば、自然と話せるようになる。その部屋は義一が使っていた部屋だ。ここは俺の住まいだし、家賃はいらない」

「あ、いえ、そういうわけにはいきません。明々後日《しあさって》には帰国するんです。飛行機もとっていて。あっ、そうだ、俺の荷物は？」

「荷物？　そんなもの、最初からなかったぞ」

「えっ……」

「話しかけたときから、スマートフォン以外、なにも持っていなかったじゃないか」

「いえ、あの、足元に置いて」

「足元にもなにもなかったが……まさかそのまま足元に置いていたのか？」

「あ、はい」

ビセンテがやれやれと呆れたように肩を落とす。

「中になにが入っていた？」

「上着とホテルのバウチャーとガイドブックと……財布と……あ、パスポートも」

「……そうか。残念だったな」

「え……」

「スペインでは、荷物は足元に置くなとガイドブックに書いてなかったか？」

「ええっ、じゃあ」

「残念ながら、そういうことだ」

「——っ！」

血の気《け》が引いていく。いきなり荷物をなくした、いや、盗《と》られてしまったなんて。しまった。日本では平気で足元に置いていたが、すでにビセンテに話しかけられたときになくなっていたとは……。

さらに追い討ちをかけるように、那月の足はペペを助けたときに捻挫《ねんざ》し数日は動けないことを教えると、ビセンテは呆然とする那月を置いて出ていった。

「被害届等、すべて俺がやっておいたから。ホテルの支払いも貸しだ。ホテルからスーツケースも取ってきた」

「あ……ありがとうございます」

「パスポートは発見されたそうだ。総領事館から連絡があった。足が治ったら一緒に行こう」

「すみません、出会ったばかりのひとにこんなことを」

「出会ったもなにも、親戚じゃないか、遠慮は無用だ」

親戚……。いきなりスペイン人の親戚ができるとは……。何の実感も湧かないまま、那月はベッドサイドに置かれた写真をちらりと見た。兄の結婚式のものだった。教会の前でほっそりとしたウエディングドレス姿の美女と幸せそうに写っている。その周りにはたくさんのスペイン人たち。ビセンテも写っている。ということは、この男は義理の兄にあたるのか?

「どうした?」

「あ、いえ……綺麗な教会ですね、これはどこの」

「グラナダの教会だ。ペペの祖父母、つまり俺の両親がいる。六年前のものだ」

六年前といえば、兄がスペインにきてすぐのころだ。

そんな以前に結婚していたなんて。両親も姉も誰も教えてもらっていない。もちろん那月も。日本の籍《せき》がどうなっているのかも知らない。

(ひどいよ、また俺に隠して。奥さんや子供のこと知っていたら……祝福したのに……)

虚《うつ》ろな眼差しで写真を見ていると、ビセンテが声をかけてきた。

「あ、そうだ、帰りの航空券だが、延期ということで手数料を払ったら、三週間後が取れたよ」

「えっ、ちょっと待ってください。三週間後? そんな……俺、数日の予定できたのに」

「なにか問題があるのか?」

「問題って……国家試験の勉強が」

「それならここですればいい。スーツケースに本やパソコンが入っていた。勉強道具だろう?」

「はい。あ、でも実習が。九月一日から実習に行くことになっていて」

「実習?」

「ええ。医学部の」

「なら、ちょうどいい。八月三十日に出国だ。実習に間に合うじゃないか」

「え……ええ、それはそうですけど……そういう問題ではなくて」

「甥《おい》と少しだけ暮らすのも悪くないだろう。ぺぺに日本語や日本の歌とか教えてやってくれ。父親の国のことを……彼はなにも知らないんだ」

「……っ……いきなりそう言われても」

兄の子。兄の忘れ形見。その存在すら教えてもらっていなかったことに複雑な気持ちを抱きながらも、心にしこりのように残っている罪悪感。それがあって日本にいても胸の痛みで眠れないときがある。せめてその子を大切にして、兄へのこの胸の後悔が払拭《ふっしょく》できたら……、そんな気持ちがこみあげてきた。隠しごとばかりしていた兄にひどいことを言った弟。和解できないまま喪《うしな》ってしまった兄。この子を愛せれば、苛立《いらだ》ちや後悔を消すことができるだろうか。

兄へのやりきれない気持ちが胸に広がり、那月はスペインに残ろうと決意した。

今しかない。国家試験を受け、新たに自分の道を進む前に、兄への気持ちを整理したい。兄の息子の世話を手伝うことで、すべてが変わるとは思わない。自分のしたことが許されるわけでもないし、兄への失望感がなくなるわけでもないだろう。だが、志半《こころざしなか》ばで、しかもこんな可愛い子を遺《のこ》して逝《い》ってしまった兄のために、那月は弟として自分にできることを、せめてなにか少しでもしたかった。

「わかった。ここに残る、八月末までここでぺぺと暮らすよ」

「――はい、那月《なつき》、そっちの皿を持っていってくれ」

何でこんなことになるんだ、八月末まで甥《おい》っ子と過ごすと約束はしたが、働くとは言ってないぞと思いながらも、歩けるようになった翌日から那月はフラメンコパブで下働きとしてせっせと働いていた。

家賃と食費の代わりに、ランチとディナーの多忙な時間に手伝いに入ることになったのだ。

両親は、こちらで誰にも邪魔されず医師国家試験の勉強をしっかりしていると説明すれば納得してくれた。もともと優等生の那月は両親の信頼が厚い。それもあり、どんなことをしても那月なら大丈夫だと思われている。兄の義一《よしかず》とは違って。

実際、そのつもりで、本当は一分でも惜しんで勉強がしたかった。

だが手伝ってくれるのなら店内の料理を食べ放題と言われ、つい胃袋の誘惑に負けてしまった気がしないでもない。

ビセンテの作る料理はたまらなく美味《おい》しい。今朝の朝食も、スペイン風のオムレツだったが、ほくほくのジャガイモを濃厚な卵で包んだ味わい深いオムレツだった。嚙み締めると口内でオリーブオイルの香りが広がり、ジャガイモのやわらかさと卵が優しく溶けあって心地よく胃に溶けていった。初日の夜の、イカリングのフライも、表面がカリカリに香ばしく揚げられていて、のけぞりそうなほどの美味しさだった。じゅくじゅくの卵の黄身ドレッシングをかけた焼き野菜のサラダの香ばしさも、タコとプチトマトをオリーブオイルで煮込んだアヒージョのまろやかな舌触りも。

こんな食事を毎日していたなんて兄もさぞ幸せだっただろう。この店にくる客も、ビセンテが作るタパスを残すものは誰もいない。

食べるたび、メニューとレシピを覚えようという気持ちになり、スペイン語はわからないものの、メニューと素材の単語だけはすぐに暗記してしまった。

基本的には英語で対応しなければならない外国人旅行者の担当になっていたが、どれだけ「スペイン語わかりません」と言っても、どのみちスペイン人たちは容赦《ようしゃ》なく母国語で話しかけてくる。

しかもどう見ても東洋人顔をしている那月に、道を訊いてくる地元民までいるのだ。

何て無秩序で、無遠慮で、無作法な国なのか。と思う反面、誰もが気楽に生きていて、ちょっとやそっとのことでピリピリしていないことに気づく。注文が遅れても怒らない。今もそうだった、メニューと違うものを運んで、会計のときに気づいたのだが、気にしている様子はなかった。それどころかこちらが謝ると、びっくりし、自分の注文したものも忘れている感じだった。

(日本だと……こういうの……ちょっと許されないよな)

あまりにおおらかで、あまりにものんびりしているのでちょっと拍子抜《ひょうしぬ》けしてしまうのだが、気楽でいいなという気持ちになってくる。最初の日の泥棒にはまいったが。

「——那月、ぺぺの服を買いに行くぞ。おまえも一緒に選んでやってくれ」

ランチタイムが終わると、午後五時から八時まで店は休憩時間に入る。医学書を読むつもりだったが、ビセンテに誘われ、ぺぺと三人で手を繋いで、スペイン唯一のチェーンデパート「エル・コルテ・イングレス」へと向かうことにした。

「那月、今夜はなにが食べたい？　何でもリクエストしてくれ」

「ビセンテの料理は何でも美味しいね。だから何でもいいよ。好き嫌いないし。出されたものは全部食べてしまうし」

「那月が食べている姿を見るのは楽しいよ」

真顔でじっと見つめられ、あまりに綺麗な顔なので緊張し、那月は視線をずらして反射的にぺぺに声をかけた。

「ぺぺ、何食べたい？」

那月の言葉をビセンテがスペイン語に訳すと、あどけない声でぺぺが返してきた。ニコニコと笑っている姿は本当に天使のように愛らしい。

「ジョ・キエロ・コメール・エラート・ムーチョムーチョ」

「アイスクリームがとってもとっても食べたいと言っている」

「そう、じゃあ、買ってあげるよ」

「わーお、メ・グスタ・ナツキ」

嬉しそうにそう言って那月に抱きついてくる。抱っこをしてあげると、ほおにキスされてしまう。ふわっと彼から甘い香りがして胸の奥が熱くなってくる。

「ぺぺは何て言ってるの？」

「那月のことが大好きだと言っている」

ビセンテがぺぺの髪をくしゃくしゃと撫でながら英語で説明する。那月が好き、そう言われるととても嬉しい。ニコニコと笑っていると、観光客らしき夫婦が二人に問いかけてきた。

「いいですね、同性のご夫婦で子育てされているのですか？」

「はあ？　同性の夫婦？」

一瞬、なにを言われているのかわからず、那月は硬直した。

「養子を一緒に育てていらっしゃるんですね」

「は……はあ——？」

「さっきからほほえましいと思って見ていたんですよ、何て素敵な同性カップル」

同性のカップル——？　この俺とこのスペイン男が？

「とんでもな……」

言いかけた那月の言葉をビセンテが遮《さえぎ》る。

「ありがとうございます。そうなんですよ、もう幸せで」

笑顔で言って、ビセンテはペペを抱き上げた那月の手首に手をまわした。

「何でそんなこと言うんだよ」

「ＬＧＢＴへの理解者には協力したいというのもあるが、きみとそんなふうに見られたかったというのもある。一目惚れだ」

なやましげに見つめられ、彼につかまれた手首から全身に熱が広がるような気がした。艶《つや》やかな色香と翳《かげ》りをただよわせた美しい黒々とした眸、形よく整った鼻梁《びりょう》、そして唇……。

「……まさか」

「義一から話を聞くたび……胸をときめかせていた。頭が良くて、綺麗で繊細で、正義感が強くて、凛々《りり》しい弟。会ったら抱きたくなると思っていたが……やっぱりそうだった。英語をちゃんと勉強しておいてよかった」

会ったら抱きたくなる——だって？　息を呑んだ那月を見つめ、ビセンテが唇を近づけてくる。ふわっと漂う柑橘系《かんきつけい》のコロンの香り。鼓動《こどう》がはねあがりそうになり、腕に抱いたペペを落とさないようにするので必死だった。

「ちょ……ちょっと待って……そんな……いきなり」

「じっとしてろ。キスだけだ」

「え……でも……っ」

唇を軽く触れあわせただけの口づけ。けれど実家にいた犬以外、同性とも異性とも一度もキスの経験がなかったのもあり、心臓が飛びでそうなほど驚いてしまった。硬直したままの那月から離れると、ビセンテは手を離し、苦笑を浮かべながらポンと肩を叩いてきた。

「あ……あの……」

「気にするな。男に興味はない」

「え……あ、そ、そうなんだ？」

何だ、ノンケか、と一瞬がっかりした自分を慌てて胸のなかで否定する。

（バカ。スペイン人に口説《くど》かれたくらいで本気になるな。この国の男たちは世界的にナンパで有名なイタリア人と同じラテン系だ。本気にしたらとんでもないことになる）

いぶかしげに見ていると、目を細め、ビセンテは那月の肩に手をかけて自分のほうに抱き寄せた。

「ただ、店内ではそういうことになっているから合わせてくれ」

「え……っ」

「おまえは俺の恋人。他の店員にはそう説明している」

「ちょ……ちょっと待って、どうして」

「那月はスペインのゲイから狙われやすいタイプだ。予防線を張って置かないと、すぐに餌食《えじき》になってしまう。この国の若い男どもは、金太郎飴《きんたろうあめ》みたいに脳の中はセックスしかない」

「……それは困る」

「いいな、だから、この国にいる間は俺の恋人、そういうことで」

「あ、ああ、それで。でもいいの？　ノンケなのに、ゲイということにして」

「いいんだ。モテすぎて困る。いい虫除けになるだろう」

それもわかる気がするが、自分で言うのか、この男は。

「ところで金太郎飴って……そんな日本みたいな名前の飴、スペインにもあるの？」

「義一がそう言ってたんだ。フラメンコ留学をしている日本人たちの間で言い伝えられているらしい、この国の若者の脳は、恋愛とセックスしか存在しない金太郎飴のようだと」

兄が……。思わずプッと吹き出しそうになりながらも、ビセンテの口から兄の話題が出てくると、まだどこかで彼が生きているのではないかという気になって淋しくなる。

もういない兄に対してスペインはやっぱり好きになれないよ、と文句を言うたび、苦笑して

『わかるよ、ぼくも嫌いだ』と言っていた。

『嫌いなのに、どうして……スペインに行くの？　何でフラメンコをしているの？』

『嫌いだけど……どうしようもなく惹かれるんだ。あの国の光と影に……』

この国の光と影……。それを知ることができたら……心の中にそんな思いもあったのかもしれない。大嫌いだと嫌悪《けんお》しているこの街に、わざわざ兄の遺品を受けとりにやってきたのも。

パスポートや貴重品を盗まれたからといって、夏休みぎりぎりまでこの国にいようと思ったのも。甥の面倒をみるということを、自分の心の中の言い訳にして。

（多分……そうだ……本当は知りたくてどうしようもないんだ……それを）

嫌いなのに、なぜ惹かれるのか。なぜ兄があれほど惹かれたのか。今しかそれを知ることができない焦りがあったのだ。大学生活最後の年、今しか。


スペインの朝は遅い。なので那月は朝早めに起きて午前中たっぷりと勉強をして、午後一時くらいに店に行き、ランチタイムの手伝いを始めるようにしていた。

ランチは午後二時から午後四時くらい。片付けが終わると、午後五時くらいにいったん休憩に入る。ここでペペと遊ぶようにする。

その後、午後八時くらいに店に戻り、九時からのディナータイムの準備を始める。フラメンコのショーは午後九時からと一時から。店が終わるのは午前三時くらい。

そんな規則的な毎日を過ごしている。

ここにいると、意外と日本にいるときよりも勉強に集中できることに気づいた。何だろう、午前中に数時間しか勉強していないのだが、レポートがすごくはかどるし、頭も冴《さ》えている気がするのだ。尤《もっと》も、授業が始まり、本格的な医師国家試験の準備が近づくと、こういう毎日を過ごすわけにはいかないのだが。

「那月、那月、これ、見たい。TVにセットして」

ランチタイムの仕事を終えて、店が一階にテナントとして入っているビセンテのマンションの部屋に戻ると、通いの家政婦と遊んでいたペペが那月に話しかけてくる。最近では、ペペの話す簡単なスペイン語も理解できるようになってきた。

「これって……闘牛のDVDじゃないか。いいよ、セットするよ」

ペペを抱きあげ、那月がテレビの前にくると、家政婦のマリアが慌てて声をかけてきた。

「ダメ、子供に見せちゃ……残酷、血がいっぱい、牛、死ぬ。ビセンテも見せたらダメだって」

たどたどしい英語で言いながら、マリアが那月の手からDVDをとりあげる。

「ビセンテからも止められているの？」

問いかけるが、マリアは那月の英語がわからないらしく、肩をすくめるだけでそれ以上は何も言おうとしなかった。ビセンテがダメだと言っているのなら、ペペに見せるのはやめよう。

「見たい、ぺぺ、闘牛士、なりたい。だから、ぺぺ、闘牛見たい」

がっかりして涙ぐむぺぺを、マリアがまだ昼寝《シエスタ》の時間だからと奥の寝室へ連れていく。

闘牛士か……。スペインの文化の一つ——闘牛。フラメンコのことは兄がやっていたし、日本でも多くショーが行われていたので何となくわかっていたが、闘牛についてはまったくわからない。

「ぺぺ、闘牛士になりたいって……どうして?」

昼寝の時間、マリアが席を外したのを見はからい、那月は寝室に顔を出してぺぺに尋ねた。

「闘牛士……かっこいい。ぺぺは闘牛士になりたい」

「ビセンテは闘牛を見るのもダメだって言ってるのに?」

「ビセンテには秘密。ビセンテ、知らない。ビセンテ、死ぬの、嫌い。これまで哀しい思いをいっぱいしたから。でもぺぺ、闘牛士になりたい。闘牛の学校、行きたい。かっこいいビセンテみたいに」

ビセンテに秘密。死ぬの嫌い?　哀しい思い?　ビセンテみたいに?

どういう意味だろう。なにが何だかさっぱりわからない。けれどももしぺぺが闘牛士になりたいというなら、何とかそれを応援できないだろうか。兄の分も幸せになってほしい。

那月はぺぺが寝たあと、闘牛についてネットで調べてみた。

スペインの国技《こくぎ》コリーダ Corrida de toros。

マタドールと呼ばれる闘牛士を中心にしたスペインでの花形文化。十九世紀風の衣装を身につけ、赤い布をもち、牛をその布を使って翻弄《ほんろう》しながら走らせ、最後には手にした剣で殺す。それゆえ、残酷な文化として動物愛護団体から反対され、このバルセロナのあるカタロニア州では、闘牛興行《こうぎょう》を禁止する法が定められた。

「……最後には殺すのか……知らなかった」

那月はネットで動画をいくつか漁《あさ》ってみた。パソドブレという独特の音楽に乗り、美しい衣装をつけた長身瘦軀《そうく》のイケメンたちが牛を相手に円形の闘技場に佇《たたず》んでいる動画。

日本でいえば、相撲《すもう》か歌舞伎のようなものだろうか。

かっこいいのかそうでないのか、残酷なのかそうではないのか……那月にはわからない。ぺぺがどうしてこの仕事に就《つ》きたいのかも。

(闘牛の学校か。どうせなら、夢を叶えて欲しいけど)

調べてみると、いくつかの闘牛士養成学校があるのがわかった。バルセロナにはないが、ぺぺの母親やビセンテの出身地のグラナダには学校はあるようだった。それにグラナダのあるアンダルシア地方は闘牛に熱心な地方みたいだ。地域性で反対しているのでもないなら理由は何なのか。

(一回、どうして闘牛がダメなのか訊いてみよう。残酷だというならどうしてそうなのかも)

ふとそんなことを考えていると、ビセンテが明日は店が休みで、ぺぺは保育所に預けるので、午後から二人で観光に行かないかと誘ってきた。

「——俺、観光なら、やっぱり聖家族教会《サグラダ・ファミリア》に行きたい」

さすがに闘牛を見たいとは言えなかった。どうせバルセロナではやっていないみたいだし。

「聖家族教会《サグラダ・ファミリア》？　わかった、ここからすぐだし、行こう」

ビセンテの住まいから徒歩で二十分ほど。窓からは教会の塔がしっかり見えるくらいだ。

一緒に向かっていくと、異様なほど高々とした塔の教会の前にすぐに出た。周りは観光バスや観光客でごったがえしている。しかし予約をしていなかったので、今日は入れないと断られた。

「……知らなかった、予約が必要とは」

切符売り場の前でビセンテが呆然としている。かっこいいくせに、ちょっと抜けているのが面白い。実にスペイン人らしいというのか。以前なら、観光客を案内する前にちゃんと調べればいいのに、これだからスペイン人は——と、文句を言っていたかもしれない。けれど最近、この国に来てから細かなことが気にならなくなったせいか、那月はやれやれと苦笑するだけだった。

「世界中から観光客が来るんだ。いきなり突撃して入るのは無理だよ」

「知らなかった」

「また今度でいいよ。聖家族教会《サグラダ・ファミリア》にはあまり来ないの？」

「実は、入ったことがないんだ、あまりに有名すぎて」

意外な言葉に那月はくすっと笑った。地元の人間というものはそうなのかもしれない。確かに那月も東京に住んでいるが、皇居にも浅草寺《せんそうじ》にも行ったことがない。

「じゃあ、那月、別のところに行こうか」

「別のところ？　バルセロナって他になにかあったっけ」

「ここをまっすぐ行けば、白いゴリラのいる動物園、それから近くにピカソ美術館や波止場《はとば》もある」

「海……海が見たいかも。地中海なんだよね？」

「ああ。バルセロナは地中海以外の海には面していないが」

「すご……地中海なんて、俺、初めて見るよ。太平洋と日本海以外、見たことがないんだよな」

「俺は地中海と大西洋しか見たことがない」

「ああ、そっか、そうだな」

そんなどうでもいい話をしながら、ゴリラがいるという動物園への道を進んでいく。そのとき、ふと目の前に現れた円形の競技場に気づき、那月は足を止めた。ぺぺのことを思い出したからだ。

「あ、あのさ、ビセンテ、ここって……もしかして、いや、もしかしなくても闘牛場だよね？」

「そうだ。バルセロナには二つ闘牛場があるが、ひとつはデパートになっていて、こっちは観光地になっている」

「あ、ネットで見たよ。カタロニア州……バルセロナのある州の議会で闘牛が残酷だから廃止になったって」

「きみもそう思うか？」

「え……そうって？」

「残酷だと」

「……実際、見たことがないのに……残酷なんて決めつけられないよ。日本だって、クジラを食べるとかで、あんたたち欧米人から非難されているし」

「クジラ漁を非難しているのは、俺たちスペイン人じゃない。英語を話す国のやつらだ」

「そうなんだ、あ、そうだ、ここ観光してもいい？　聖家族教会《サグラダ・ファミリア》よりここの方がいいや」

「そうなのか？　聖家族教会《サグラダ・ファミリア》よりもいいとは変わっているな」

苦笑しながらも、入るのをやめようとは言わず、ビセンテは一緒に中に入ってくれた。人のいない闘牛場。観光客の姿もまったくない。がらんどうの広々とした建物に二人の足音だけが響いている。

「かっこいいね、この衣装や写真……すご……こんなに細工が」

奥に設置された闘牛博物館に入り、歴代闘牛士の衣装や写真を見て、今度は客席へと向かう。

「ぺぺの憧《あこが》れの職業だ」

「え……っ」

知っていたの？　という目で彼を見ると、ビセンテが苦笑する。

「当然だ。彼は六月にグラナダの祖父母の家に帰省するたび、闘牛場に連れて行ってもらって喜んでいる」

「なんだ、ぺぺがビセンテに内緒だって言ってたからてっきり知らないのかと」

「一度大反対したからな。闘牛なんて絶対に見るなと言って」

「なんで？」

「妹の葬儀のときだ。ぺぺまで死なせたくない、闘牛士になるのは反対だ、見るのもやめろ、と」

ビセンテは壁に貼られた闘牛のニュース写真に視線を向けた。

スペイン語はよくわからなかったが、何となく知っている単語を結びつけると、最近フランスで亡くなった闘牛士のニュースだというのがわかった。闘牛場で牛の角《つの》に心臓を突き刺され、亡くなってしまったらしい。

「で、実際は反対してるの？」

「……まさか。あいつが本気でやりたいと思うのなら、父親代わりとして支援するつもりだ」

「だったらどうしてそれを伝えないの？　ペペはビセンテに反対されてるって……本気で」

ビセンテが複雑な表情を浮かべる。翳《かげ》りのようなものを感じ、那月はじっとその横顔を見つめた。

「本音を言うなら、やはり身内には闘牛士になってもらいたくない。違う道に進んで欲しい」

「でも、だったらどうして支援するつもりだって……」

「闘牛士の身内は、誰しもそんな思いを胸に抱《かか》えているよ。いつ死ぬかわからない職業だ。昨年も一昨年《おととし》も闘牛中にマタドールが死んだ。そんな仕事、心から喜べる家族がどこにいる？」

那月は何の返事もできなかった。確かにその通りだと思ったからだ。

「それでも本気で志《こころざ》している人間に、その夢を反対するのも酷《こく》だ。愛しているからこそ、闘牛士になり、闘牛場に向かおうとする人間を家族は応援するしかない。あとは祈るだけ、無事を」

ビセンテは観客席に座り、風に目を細めて前髪をかきあげた。その姿を那月はじっと見つめた。愛しているからこそ、応援する。できることは、あとは祈るだけ。

「で、実際のところ、おまえはどうなんだ？　兄が親に反発し、スペインに向かうのをおまえだけが応援したんだよな。兄の夢が、もし闘牛士になることだったら、きみは反対したか？」

那月は唇を噛み締めた。闘牛士だったら——？　つまり死ぬかもしれない仕事だったら？

「わからない……兄がもし闘牛士を目指していたらどうだったかなんて、想像がつかないよ。まだ……俺は闘牛がどういうものなのかわかんないし、否定も肯定《こうてい》もできない。よその国の文化を外国人が何も知らずに否定するようなことはしたくないんだ。一旦、受け入れて、それがどういうものなのかわかってからでないと」

那月の言葉にビセンテはふっと苦笑した。

「おもしろいやつだ。ただの世間知らずの坊ちゃんじゃないとは思っていたが」

「いや、ただの世間知らずだよ。学校の勉強以外、なにも知らない。そんななにもわかっていない人間なのに、他の国の人が大切にしている文化を、自分の正義感でおしはかって否定するようなことはしたくないんだ。勿論《もちろん》、俺だって愛する人間が死ぬことには耐えられないけど……それでもなによりその仕事についている闘牛士こそ一番過酷な気がするから」

「闘牛士こそ、一番過酷？　どういう意味だ？」

ビセンテは眉間《みけん》に深くしわを刻《きざ》み、これまでにないほど鋭い眼差しで那月を見た。

「だって、死ぬために闘牛士になったわけじゃないだろう？　でもちゃんと死を受け入れる覚悟はしなければいけない。生と死のはざまで生きていく覚悟。それを踏まえた上で、本人が真摯《しんし》に闘牛士を目指そうとするなら……身内だからといって、愛しているからといって……反対はできない。相手を尊重し、愛していればいるほど……きっと応援し……祈ることしか」

これは兄への言葉かもしれない。一生懸命、外国で頑張ろうとしている兄の姿が誇《ほこ》りだった。子供の頃からの憧れだった。だから応援した。その目標がフラメンコダンサーではなく、例えば闘牛士だったとしても、きっと那月は同じように応援しただろう。

「ありがとう、そう言ってくれる人間がいるだけで……救われた気持ちになるよ」

「え……」

「何でもない」

くしゃと那月の髪を撫でると、ビセンテは観客席を降り、手すりに手をついて闘牛場の白い砂の上に降り立った。

「あ、待って、いいの、降りて」

「いいさ、どうせ誰もいないんだ。おまえも降りてきて、見上げてみろ。闘牛場に屋根がないのは、神さまが天国という特等席から観覧しているからなんだぞ」

ビセンテが空を見あげる。同じように観客席から飛び降り、闘牛場の砂の上に足を進め、那月は彼に釣られて見あげた。

空が丸く切り取られたように見える。濃い青。こんなに濃い空の色を見たのは初めてかもしれない。天国の青。神さまの特等席。その空の青さと太陽の眩《まばゆ》さに目がくらみそうになり、視線を落とすと、闘牛場の白い砂の上に不思議なほど濃密に自分とビセンテの影が刻まれていた。

今は誰もいない、使われていない闘牛場。陽光の下で、かつてこの観客席が満席になり、割れんばかりの歓声があったなんて信じられない。

「見てみたかったな……ここで、闘牛を……」

「見せたかったよ。牛と闘牛士の愛の物語がここの大観衆の前でくり広げられていたのを」

「え……牛と闘牛士の愛って？」

「闘牛士にとって牛は運命の女だからな。自分の命運を握る存在としての」

「運命の女……ファム・ファタル……」

ビセンテは防壁にかけられていたオペラピンク色の布を手にして、闘牛場の中央にたたずんだ。

黒いシャツ、黒いズボン姿のすらりとしたモデルのような体躯《たいく》の長身の男が闘牛場の中央に立つと、一瞬、本物の闘牛士が現れたのではないかという錯覚を覚える。

「これはカポーテという布。ケープという意味だ。そしてあそこから出てくるんだ、牛が」

ビセンテが木製の扉を指差す。

「……っ」

まるでそこから漆黒《しっこく》の牛が出てきたかのように、ビセンテはオペラピンクの布を持って立つと、マントをはおるようにふわりとそのカポーテという布を翻《ひるがえ》した。

一瞬、ピンクの大きな布が美しい弧《こ》を描いて広がり、太陽の光を反射しながら煌《きら》めく。その影がくっきりと地面に刻まれていく。

「オーレ！　行けっ！　オーレっ！　という観客の喧騒《けんそう》、圧倒されるほどの熱狂的な空気……グラナダの土はここよりももっと黄色くて、もっと血の色が映《は》えた」

ビセンテはさらに布を大きく広げ、ゆっくりとそれを翻していった。彼の動きの後を追うように美しくも濃密な影が地面に広がっている。まるで蝶《ちょう》のような動きだ。

「闘牛士よりも、牛よりも……残酷なのは獰猛《どうもう》な観客だ」

「観客が？」

「そうだ、一頭の牛を命がけで殺す闘牛士よりも、闘牛士が命がけで戦う血にまみれた祝祭《しゅくさい》に熱狂的な声援を送り、血を滾《たぎ》らせる。闘牛士が死んだときは深く悲しみ、その闘牛士を伝説に仕立て上げ、悲劇に涙を送りながらも、心の中ではそんな自分のセンチメンタリズムに酔いしれている。それがスペイン人と闘牛の関係だ」

ひとりごとのように呟くと、ビセンテは今度は布を一旦広げたかと思うと、自分に巻きつけるかのようにして回転させ、また解き放って大きく広げた。

すごく自然で慣れた手つきだった。熟練した技に見える。暗いステージで見たフラメンコよりもさらに妖《あや》しい気配が漂い、一瞬、その背になにか妖しくも黒い影が見える気がした。

まさか……このひとは……。

ある一つの仮説が胸に浮かび、那月の鼓動はどくどくと音を立てて脈打つ。

「ここはそういう国なんだよ　殺すほどの強い思いで愛する」

殺すほど。その言葉に背筋がぞくりとする。今まで見てきた明るくて爽《さわ》やかでおおらかなスペインとはまるで違う。スペインの影。

「いつも覚悟していた。闘牛場に行くときは、今夜が自分の葬儀の日になると」

「では……あなたは……やっぱり」

「ああ、そう……そうだ」

ビセンテは那月に近づき、カポーテを巻きつけてくる。そのまま抱きしめ、那月の首筋に顔を埋《うず》めてきた。一瞬、ピクリとしたが、なぜか那月は抵抗できず、されるがままになっていた。

「……いつもそうだ、ここに立つと血が熱くなって困る。怖いほど身体が震える。今日、自分が死ぬかもしれないのに、闘牛場の砂埃《すなぼこり》と牛の血の匂いを感じると、誰かを抱かずにはいられなかった。身体と魂の熱を鎮《しず》めるために」

切なそうに呟くと、ビセンテは那月に唇を近づけてきた。

「ちょ……待って……っ……」

「ダメだ、止まらない、思い出しただけで……血が滾ってきた。とうに引退したのに」

引退した……。そうか、引退した闘牛士だったのか、このひとは。

「助けてくれ……あの熱から解放されたい、頼む」

唇と唇を重ね、祈るように言われると、胸が締めつけられた。一瞬、今見えたのは何だったのだろう。誰もいない廃墟のようになった闘牛場で、引退した闘牛士がかつての声援を思い出し、かつてのように身体を熱くしている。

那月は胸の奥に切なさと空虚感《くうきょかん》とが交錯《こうさく》するのを感じた。と同時に自分にキスをしてくる男の背に腕をまわしているだけで、奇妙な昂揚感《こうようかん》が湧いてきて自分までもがどうにかなってしまいそうな感じがした。

この陽射しのせいなのか、太陽の暑さのせいなのか、空の青さのせいなのか、それともこの男が刻んだ闘牛場の影の濃さなのか。

白い砂には口づけをしている二人の影がくっきりと刻まれている。じりじりと頭上から照りつける太陽。この男は自分のことが好きなのだろうか。自分はこの男が好きなのだろうか。わからない。わからないけれど、彼がかつて身体に湧かせた熱に自分も灼《や》けてしまいそうな気がした。


——どうしよう。このままだとあの男を好きになってしまいそうだ。あの男の影に飲み込まれてしまいそうな気がして怖い。

那月《なつき》は、その夜、アパートに戻ると、ビセンテについて調べてみた。かつて闘牛士だったかどうか知りたくて。そのときはどんな闘牛士だったのか、さらにはなぜ引退したのか。

「あった……これだ」

ビセンテ・レイ・デ・パウラ。年齢は二十七歳。十六歳でグラナダの闘牛場にデビュー。二十歳で引退。理由は、彼と一緒に出ていた後輩闘牛士の死。僻地《へきち》を巡業していたとき、他の闘牛士と闘牛中にぶつかり、そこに牛が襲いかかってきた。

結果的に相手が亡くなる事故になり、ビセンテは自分の未熟さのせいだと会見した。亡くなった闘牛士の家族からは『人殺し』と罵《ののし》られ、『死神』とあだ名されるようになり、グラナダにいられなくなってバルセロナにやってきた。

その動画もYouTubeにあがっていた。ビセンテのせいというよりも、亡くなった闘牛士が自分のカポーテを自分で踏んでビセンテにぶつかったのが原因のようだった。

けれどももし目の前でそういうことが起きたのなら。例えばそれが後輩だったとしたら。

(例えば……俺が医師で……自分が執刀《しっとう》しているときに、助手のミスで患者を死に追いやるようなことがあったとしたら……)

やはり自分のせいだと思うだろう。きっとビセンテはそうやって自分を責め、今もその苦しみを背負っているのかもしれない。彼の後ろに見える影……。その存在が見えてきた。

そんなことを調べていると、深夜、突然、ビセンテからメールがきた。

——下にあるプールに来ないか。

プール。彼のマンションの一階の奥まった部分には、住民が自由に使えるプールとジムがある。

二十四時間、監視員がいるので、住民ならいつでも利用可能と言われているが、実際、深夜に監視員を見かけることはないらしい。

「どうしたの？　いきなりプールに呼んだりして。早起きして勉強しようと思っていたんだけど」

「昼の続きだ。熱を冷ましたくて」

ガウンを脱ぎ、ビセンテがプールに向かう。確かに自分も昼間の熱を鎮《しず》めたかった。あまりにも闘牛場で浴びた太陽が熱くて、そのあとのぼせたようになって、ずっとぼんやりしていた。港まで行き、簡単な軽食を食べたけれど、ほとんど覚えていない。

「……っ」

肌の熱を冷まそうと水に飛びこむ。水泳なんて何年ぶりだろう。兄の水着を借りたものの、少しサイズが大きくて脱げそうになる。

それに一分ほど泳いだだけで、たちまち身体が重たくなって疲れてきた。運動不足がたたっているらしい。一往復したあと、足腰がガクガクになり、那月はプールサイドにあがってガウンを身につけ、ビーチベッドに腰を下ろした。

窓から月明かりが照らしている薄暗い夜のプール。ゆったりと中央で泳いでいるビセンテの姿を見つめる。月明かりのせいか街灯のせいか、水面だけでなくそこの空間全体がアクアブルーに染まっている。青くきらめきながら水面が波打ち、揺らめいている。息遣いさえ、反響してしまいそうなシンとした静かな夜のプールに、ビセンテが水をかき分ける音だけが規則正しく響いている。

彼のたくましく長い腕が優雅に水をかくたび、そこから生まれた静かな波がゆるやかにプールサイドへと広がっていく。闘牛場とは真逆の、それでいて同じような美しさを感じた。しなやかな獣のような優雅さというのか。

「もう泳がないのか？　一回しか往復していないだろう」

プールサイドにビセンテがあがってくる。毛先からポトポトと水が滴《したた》り、彼の首筋や胸板を伝って床へと落ちていく。胸部や腹部のあたりにひきしまった筋肉の美しい影が刻まれていたが、暗くてあまりよく見えなかった。それでも自分があまりにも貧相《ひんそう》な身体をしている気がして恥ずかしくなり、那月は知らずガウンの紐《ひも》を強く締めていた。

「体力ないんだ、全然鍛《きた》えてないから」

「ああ、今にも折れそうなほど細いからな。医師になるなら、もう少し鍛えた方がいいぞ。救命救急医になりたいんだろう？」

「……うん」

「何度も義一から聞いたよ、昔、助けてくれたドクターヘリに感動したって話を。確か、家族で海外旅行中に事故に巻きこまれて瀕死《ひんし》の重傷を負って」

「……そうだよ、だから医者を目指すことにしたんだ。救命救急医になって、一刻も早く助けなければいけない人の命を助けられるような、そんな医師に」

不思議だった。兄はもういないのに、こうしてこの国で兄が生きてきた事実を改めて認識することが。別の人間に兄が自分の話をしていたことも含めて。

「もしおまえがいたら……助かっただろうか」

「え……っ」

「専門の救命の医師がいなかった。小さな村の、グラナダからいくつか山を越えた先にある村の闘牛場……。村中が大喜びで一年に一度行われる闘牛を楽しみにしていた。その場所で……」

ビセンテの心の傷。闘牛をやめ、故郷を捨てるしかなかったその闇。彼は今も囚《とら》われているのだと思った。

「……だから、那月……」

「あ、うん」

「ぺぺにはやはり夢を諦めてもらおうと思う」

「どうして」

「危険だからだ。命を奪われる哀しみ……味わいたくないんだ」

「ビセンテ……」

那月はビーチベッドから起きあがった。そのとき、彼の腹部に傷跡があることに気づいた。

「それは?」

背中の脇にある刺し傷。ゆうに三十針くらいは縫《ぬ》っているだろう。内臓にも達したくらいの傷だ。

「女に刺された」

「うそだ、医師の卵だからわかる。それは刃物の傷じゃない」

「うそじゃない。故郷にいるときに、女に刺されたんだ。だからもう俺は帰れない」

「故郷……グラナダだよね。どうして」

その理由を知っている。彼が闘牛士だったときの事故のせいだ。

「いろいろと理由があって故郷にいられなくなったんだよ」

「それは……人が死んだから?」

「……っ」

「その傷は、牛の角《つの》にやられたものだよね」

「……そうだ」

「ある意味、女だよね。運命の女だとしたら」

「今度はおまえがその女になるか」

じっと見つめられ、なぜかそうすることが自然のような気がして那月は目をつむっていた。

ビーチベッドにゆっくりと身体を横たえ、のしかかってきたビセンテの背に腕をまわす。那月のガウンを開き、首筋に顔を埋《うず》め、ビセンテが激しく求めてきた。

「ビセンテ……」

ビセンテが狂おしげに首筋や鎖骨《さこつ》にくちづけしていく。

荒々しく吸いついたかと思うと、甘く咬《か》みつくようなくちづけに脳が痺《しび》れそうになる。何もかも初めてなのだから優しくして欲しいとは言えなかったし、言いたくなかった。

というのも、闘牛の牛のように愛されてみたかったからだ。

自分がそんな情熱を持っているのも不思議だったけれど、スペインにいるのもあと少し。その間に、この思い、この男への不思議な感情をなんとか形にしたかった。

「あ……っ」

乳首を指でなぞられ、ビセンテの爪の先が乳輪に喰いこむと、背筋のあたりがずくんと痺れてくる。なんだろう、こんなのは初めてだ。

「ビセンテ……あ……っ」

「感じやすい身体をしているんだな、子牛のように柔らかくて愛らしい」

あまりにも胸の粒《つぶ》への愛撫が心地よくて、たまらずその背に爪を立てる。するとビセンテはふっとおかしそうに笑った。

「何だよ……その喩《たと》え……」

「いや、子牛じゃない。淫乱《いんらん》なメス牛といったところか」

「やめ……ひど」

「冗談だ、おまえが気持ちよさそうにしていると嬉しくなる。淫乱なメス牛になってくれ」

「どうしたんだよ、らしくもない……そんな下品な喩え……」

「らしいって……何だよ」

「別に」

やがてビセンテが下肢《かし》に顔を埋めてきた。

「いやだ……そんなところ……ビセ……っ……」

「恥ずかしがるな、昔から憧れていたんだ、おまえとこんなふうにすることを」

「え……」

「義一《よしかず》から弟の話を聞いて気になっていた。義一のところに届いていたメールも……悪いが読んだ。翻訳機《ほんやくき》で訳しただけだが。それからずっと……気になって……英語もマスターした」

メール……どんなことを書いたのか思い出せないが。いや、思い出そうにもすでに蜜《みつ》にまみれた性器の先端にビセンテの吐息が触れ、その刺激に頭が真っ白になってわけがわからない。

「ん……っ……英語……マスターって」

「那月は頭がいい、英語の文法も完璧だと義一から聞いていたので、正しい文法を勉強したんだ」

「そんなことを……っあ……だめ……そこ」

ビセンテが舌先で那月のペニスを嬲《なぶ》っていく。

「すごいな、初々《ういうい》しい。とてもワイルドで愛らしい」

「ワイルド……って……俺が?」

「そう、このうっすらとしたナチュラルな体毛《たいもう》……野性的で可愛い」

体毛？　ハッとした。そういえば、サッカー選手が言っていた。こっちの人はすべての陰毛を剃《そ》ってツルツルにしていると。

「ごめ……俺……あの……そんなとこ……手入れしたことなくて……」

体毛は女性並みに薄い方だが、それでもそこに毛がないわけではない。指先で毛をかき分けられ、形を変えたそれをぴちゃぴちゃ舐《な》められるとたまらなく恥ずかしい。

「ああ……っ……」

どっと亀頭《きとう》の割れ目から雫《しずく》があふれていく。毛をいじられながら、しとどに滴る露《つゆ》を彼の舌に掬《すく》いとられる。その心地よさに背筋が痺れたようになっていく。

「感じているのか？」

ぴちゃぴちゃと濡れた音をたてて舐めあげられていく。その甘美《かんび》な刺激に耐えられず、那月はビーチベッドで身体をよじり、ビセンテの髪に指を絡《から》めて身悶《みもだ》えた。

「あっ、やだ……そこは……ああっ……」

感じやすい先端の割れ目に、ビセンテの舌先が喰いこんでくる。たまらない。それだけで脳《のう》髄《ずい》まで痺れるような快感が駆けあがっていく。悶絶《もんぜつ》しそうな体感に全身が激しくわなないた。

「すごいな、とろとろになって。初々しさとワイルドさと淫《みだ》らさとが入り混じって愛らしい」

ふっと嘲笑《ちょうしょう》するビセンテにムッとする。わざと恥ずかしがらせようと意地悪をしているような言動に、忌々《いまいま》しい気持ちになっていくのだ。

「あ……は……ああっ、ああっ」

それでもすでに肌が粟立《あわだ》っている。初めての行為なのに、今夜は何度もセックスの経験のある淫乱な娼婦のようになっている気がして、内心はものすごくうろたえていた。

「すごいな、こんなに感じやすいとは」

とろとろと亀頭からあふれる熱い滴りを舌先で掬われていく。そのあと、今度は性器を彼の口内に含まれてしまった。

「ヒっ……や……」

陰嚢《いんのう》の袋を手のひらで揉《も》みくちゃにされていく。大きな手に握りつぶされそうな感触がなぜか心地よくて、たちまち甘い痺れが背筋を駆けあがってどうしていいかわからなくなる。

那月はビセンテの肩にきりきりと爪を立てて、身を大きくのけぞらせながら腰をよじらせた。

「う……あぁっ……ああ……」

唇からどうしようもないほどのなやましい呻《うめ》きがこぼれる。

「感じているのか」

「ん……お願い……言わないで……そんなことっ」

「どうして」

「恥ずかしくて」

「恥ずかしがるのも可愛くていい。思った通りの反応で嬉しくなる。このまま俺の恋人になれ」

「え……恋人って……」

「……好きだ。おまえは？」

「……っ」

那月は息を飲んだ。好き——。果たしてビセンテに恋をしているのかどうか。わからない。恋自体よくわからないのだから。ただ生まれて初めて他人の熱を感じることに狂おしい気持ちになっている。これを恋というのだろうか——？

「好きって……本当に俺を？」

「ああ」

「どうして……」

「理屈じゃないけど……その素直さ、理性、優しさ。触れているとあの頃に俺を戻してくれる」

「戻して？」

「そう、闘牛士を夢見ていた頃……もう捨ててしまった夢を見ていた頃に」

「もう一度、見たいの？」

「もう見ることはない。代わりにここでフラメンコを踊って……ここで美味《おい》しいものを作って……愛するものを守る暮らしをしていく。今度はその未来を那月と一緒に夢見たい。ダメか？」

「……」

未来を夢見たい。その言葉に愛しさを感じ、那月はうなずいていた。

「ああ、俺も……見たい……夢を。ぺぺと三人で……暮らしてみたい」

飢《う》えていたのかもしれない。家族の中で一番仲の良かった兄を喪《うしな》い、夢や目標を共有できる存在を求めていたのかも。ずっと淋しかったのもあった。医師にはなりたい。けれどそれ以上に、自分を包んでくれる安らぎ、愛、ぬくもり……そんなものにどうしようもなく飢えていた。

「良かった、じゃあ、おまえは今日から俺の恋人だ」

そう言ってビセンテは那月からあふれた蜜で濡れた指を奥に差し入れてきた。

「ああっ」

骨張った関節が狭い粘膜《ねんまく》をこじ開けていく。窄《すぼ》まりを広げられるうちに、すぅっと夜の冷気のようなものが体内に挿《はい》りこんでくる気がする。

「や……っ」

初めての、その奇妙な体感になぜか総毛《そうけ》立《だ》った。

「那月のここ、熱くてやわらかいな……医師になったらこうして触診《しょくしん》するのか？」

熱がこもった体内を、器用に動いていくビセンテの指に那月は身悶えする。

「待って……なんでそんなこと……」

「恥ずかしがるのが可愛くて……訊いてみただけだ」

「やめろって……そんなこと……あ、あっ、そこ……あっ。いやだ、もう……だめ……あっ」

甘い声がプールサイドに反響する。

何が闘牛士と牛の関係だと思った。そうではなく完全に恋人をいじめて喜ぶガキ大将のようではないかと。

那月の中心からひっきりなしに蜜が迸《ほとばし》り、皮膚を濡らしていく。羞恥《しゅうち》を感じているのに、それとは裏腹に熟《う》れた身体は底無し沼のように快楽を求めてやまなくて困ってしまう。狭いビーチベッドで身をのけぞらせ、彼の髪をわしづかみ、那月は快感に甘くかすれた声を出し続けていく。

「ああっ、あっあ……あっ……ビセンテ……ああっ」

やがて指を引き抜き、ビセンテは那月の腰を抱き寄せた。膝を広げられ、緊張に肌がこわばる。

「あの……」

「いいな、おまえを俺のものにするぞ」

次の瞬間、奥の窄まりに硬い切っ先が触れた。

「あ……く……ああっ」

粘膜をこじ開けられていくのがわかった。深く埋めこまれ、息ができなくなる。腰の奥から衝《つ》きあがる苦痛が脳を灼くようで苦しい。

体内で内臓を圧迫するように勢いを増すビセンテの屹立《きつりつ》に、内壁《ないへき》がじわじわと広げられていく。

「ああ……ん……ふ……あっ」

腰を密着させながらのしかかり、こめかみ、頬、下あごへ進んだビセンテの唇が狂おしげに首筋を吸ってくる。ものすごい圧迫感に内臓が壊れそうだった。

「好きだ、那月」

皮膚に歯を立てられ、荒々しく咬まれ、舌がそこかしこを這《は》っていく容赦《ようしゃ》のないキス。やがてビセンテが乱暴に突きあげてきた。

「あう！　あ、あぁっ、あああ」

腰をぶつけられる勢いに内臓が押しあげられ、体内が彼の形に変えられていきそうで怖い。

「ああっ……っん……っ」

ずんずん……と穿《うが》たれるたび、重苦しい振動《しんどう》と痺れに那月の理性が弾《はじ》き飛ばされていく。

ゆるやかな波が海原でうねるようにこれでもかと自分を広げていく律動。それがたまらなくむず痒《がゆ》い。体内で彼の肉塊《にくかい》が脈動《みゃくどう》していくのがはっきりと伝わってくる。そのたびに粘膜に痺れとも疼《うず》きともいえない狂おしい感覚が広がり、甘美《かんび》な快感が脳へと衝きあがってくる。

互いの肉が深いところでつながりあっている。ものすごく激しい抜き差しに那月は絶頂へと登り詰めていく。内側を抉《えぐ》ってくるビセンテの熱塊《ねっかい》。闘牛場に降り注いでいた太陽のように熱い。このまま溶かされそうなほど。

「あ……はあ……ああっ…あっ」

激しく腰を打ちつけられ、煽《あお》られるまま、那月は大きく身悶えた。やがて彼が体内ではじける。とともに那月も果てていた。

「……おまえと……ずっとこうしていたい……」

鼓膜に溶ける低く抑揚《よくよう》のある声に那月はうっすらと目をみひらいた。

あの後、プールサイドで互いに達したあと、二人は上階のビセンテの住まいのあるフロアに移動し、それから彼の寝室でまた激しく求めあった。

「いつからスペインに……住む?」

ビセンテの腕にもたれかかりながら、那月は静かに答えた。

「待って……もう少し考えたい。ここには残りたいけど……それでいいのかどうか」

冷静になると、どうしていいのかわからなくなった。さっきは、ここに残りたいという強い衝動に呑まれそうになったが、あと半年で医師の資格が取れるのに……。その後は研修。ここに残ったら未来の夢を失うことになる。

「わからない?」

「どうして俺にそんなこと言うのか。ビセンテなら、いくらでもいい相手がいるだろう。この国に」

ビセンテは目を細めて那月の顔をじっと見つめた。

「……そうだな、いくらでもいる」

「兄と親しかったのなら、日本人がめずらしいわけでもないだろうし……俺なんて大した取《と》り柄《え》もない日本人だし。スペインのゲイ好みのルックスかもしれないけど……ビセンテはそういう感じで人を求めるタイプじゃないだろう？」

ビセンテは可笑《おか》しそうに笑って、枕に肘《ひじ》をついて顔を上げると那月の唇にキスをしてきた。

「最高だ、その冷静なところ。感情に流されず、冷静に分析するところが理系っぽくていい」

いちいち誉めるのはスペイン人のくせだろうか？　嬉しくはないわけではないが、戸惑ってしまう。それに照れくさい。

「こんな性格、別に大したものでは。本当に面白みも魅力もない勉強バカなんだ、俺は」

「俺には十分面白いし、十分魅力的だ。俺は理性的な人間が好きだ。闘牛に関してもそうだろう、残酷だからとやみくもに嫌ったりせず、よく知らないものに対して反対も賛成もできないと言った」

「当然だ、俺だって、相撲《すもう》も歌舞伎もとくに好きじゃないけど……相撲のことを裸の太った男性のとっくみあいだとか、歌舞伎のことを化粧をした男同士のゲイ演劇だと、何も知らない外国人から言われたらムカつく。それと同じだ。他国の文化は尊重しないと」

「だからそういうところが好きだ。きっとおまえなら、あの場所にいても……あ、いや」

あの場所というのは、彼が闘牛で仲間を死なせてしまったところのことだろうか。

「ああ、俺なら、闘牛場にいても冷静に見ていたと思う。ビセンテだけを責めはしない。あれは事故だ、俺は動画を見てそう思った」

「……同情を求めているのではない」

「同情したりしない。真実を口にしているだけだ。俺は本当のことしか言わない」

そのとき、ビセンテが一瞬救われたような顔をして、那月をぎゅっと強く抱きしめてきた。

その胸に頭をあずけて彼の背に腕を回すとこれまでに感じたことのない愛しさが芽生《めば》えてきた。彼が本当に必要として愛しく感じてくれているのが伝わってくる。その思いや優しさ、必要とされていることが嬉しかった。

この男が傷ついてきた過去を那月は知らない。何を思って闘牛をして、何を感じて闘牛をやめたのかも。けれど今のこの男に愛しさを感じる。傷ついた過去も含め、ここで一人で店を開いて、故郷を想い続けている姿に。

ビセンテが好きだ。ずっと一緒にいたい。しかしスペインに残るかどうか決めかねていた。

彼も決して強要はしない。『どうする？　残るか？』とは問いかけてくるし『ずっと一緒にいたい。二人でペペを育てたい』と口にするが、最終判断は那月の意思に任せられている。

医師にはなりたい。だが自由に過ごしてみたかった。一度でいいから、家族という枷《かせ》から解放されたい、医師一家とは別のところで、優等生ではない自分になってみたい、兄のように自由に生きてみたらどうなるのだろうという気持ちが生まれて初めて芽生えてきていた。

父の病院は姉が継ぐことになっているので、自分は自由に道を選択できる。それならここに残ったとしてもかまわないのではないか。そんな迷いが胸のなかで揺れている。

そうしている間にも時間は目まぐるしく過ぎ、八月末を二日後に控えた日の午後、ペペが不安そうな顔で那月に尋ねてきた。

「那月、どうするの？　ペペのママになってくれるの？　日本に帰るの？」

くりくりとした愛らしい目で言われたら、ここに残る、君とずっといるよと答えたい衝動に駆られる。那月が困った顔をしていると、ビセンテが声をかけてきた。

「こら、ペペ。那月が困っているだろう。彼がどうするかは彼に任せるんだ。彼が選ぶ答えに俺は従う。おまえもそうしろ」

「ええっ、ビセンテ、那月と結婚したいって……。那月がママになるならパパになるって言ったよ」

「黙ってろ、いいから余計なことを言うな。で、那月、どうする、聖家族教会《サグラダ・ファミリア》にはいつ行く？」

結婚したいって？　と訊きたかったが、訊けば、ここに残ることを決めないといけない気がして、那月はあえてそのことは尋ねなかった。

「チケット、取れないよ。八月末までバカンス客で予約がいっぱいになってたから」

「それよりも、同じガウディの建築の、カタルーニャ音楽堂に行かないか？　実はフラメンコのチケットがあるんだ。おまえを招待しようと思っていた……」

カタルーニャ音楽堂といえば、世界一美しいと言われている世界遺産。神秘的な彫刻《ちょうこく》やステンドグラスが施《ほどこ》された夢のような空間だと以前にテレビで紹介されているのを見たことがある。

「行きたい。フラメンコのチケットっていつの？」

「今夜の。ずっとそのつもりでいい席を用意した。ぜひぺぺと一緒に」

「いいよ、行く。いい席だなんて嬉しいよ、ありがとう」

「わあい、音楽堂でフラメンコ。わーい、ぺぺ嬉しい」

はしゃいで飛び跳ねるぺぺをカートに座らせ、ビセンテと一緒に劇場へと向かう。開演にはまだ二時間くらいあるらしく、ビセンテは隣接するカフェに入っていった。虹色のステンドグラスや薔薇《ばら》の装飾が見事な、優美な雰囲気のカフェだった。

「おまえとぺぺはここで食事を。俺のおごりだ。ぺぺはサンドイッチ、那月もそれでいいな？」

「えっ、あ、ああ。ビセンテは？」

「……今夜、ここで踊る。俺の店のメンバーが総出で出演するので、俺も一曲だけ、ソロで」

「ええっ、この音楽堂で？　すごい、それならそう言ってよ、わあ、どうしよう、すごい」

そうか、だからいい席を用意してくれたのか。見せてくれようと思って。

ビセンテは那月の手をぎゅっと握りしめ、黒い眸《ひとみ》で切なげに見つめてきた。

「もう闘牛の世界には戻らない。もう戻れないんだ、生と死の狭間《はざま》には。その代わり、人を生かす仕事がしたいと思い、料理の資格をとって闘牛のないこの街で店を開いた。フラメンコは、二度と戻れない故郷への郷愁から始めたものだ。闘牛の時の動きが役に立っている。フラメンコバルは、そういう意味では、今の俺には最高の居場所だ。食べれて踊れる故郷。その場所作りに協力してくれたのが、妹と義一だった」

そうだったのか。人を生かすために食事を作り、故郷と闘牛への愛と哀悼《あいとう》からフラメンコを踊る。

「俺に、今の世界をくれたのが義一だ。そして……今夜のショーは義一からおまえへの贈り物だ」

「え……兄からの?」

「ああ。昨年にここで踊ることが決まったとき、義一もメンバーの一人だったんだ。あいつは、いつかここで踊るときに、おまえを招待するのが夢だった、ようやくそれができると喜んでいた。そのときにぺぺを紹介して驚かせる、楽しみだと。……今夜は義一の分も踊る。だから見てろ」

「え……」

「闘牛士になるとき、どんな結果になっても、どんな人生になっても迷わないと決めていた。

自分の情熱のままに生きたのだから闘牛場で死んでも悔いはないと。義一もそうだった。スペインでどんなことになっても志半《こころざしなか》ばで死ぬようなことがあっても、後悔のないよう生きていきたいと」

「兄も？」

「そんな義一にとって、おまえの存在が生きる支えだった。家族の中でレールから外れ、海外にきてしまった自分の成功を弟だけが信じて応援してくれる。時には厳しい言葉でも叱咤激励《しったげきれい》してくれて……それがどれほど心の支えになったか、だからこの国で頑張れるのだと」

「心の支えだなんて……」

「いつもそう言ってたよ。おまえが信じて応援してくれるから頑張れると。……そろそろ時間だ。じゃあ、後で」

ぺぺと那月をカフェに残してビセンテが楽屋口の方に去っていく。

「……っ」

厳しい言葉で叱咤激励。兄はあのときの那月の言葉をそんなふうに解釈してくれていたのだろうか。あれはただの意地悪だったのに。フラメンコとスペインに兄を取られそうな気がして、思わず口から出てしまった言葉なのに。それなのに……兄は……そんなふうに。

那月は床に膝をつくと、ぺぺをぎゅっと抱きしめ、こみ上げてくる嗚咽《おえつ》をこらえようとした。それでも目頭《めがしら》が熱くなり、ぽろぽろと涙がこぼれ落ちてしまう。

（そんなふうに思ってくれていたんだ……そんなふうに……兄さん……）

兄が亡くなったときは出なかった涙がどっとあふれてくる。

「ごめんね、ごめん……それからありがとう……兄さん」と呟きながら、愛しい兄の子供を力強く抱き締める。

兄さん、ごめん、それからありがとう。この子を、そして、ビセンテを、それからたくさんの愛と未来へ進む勇気を。

時間が経《た》つのも忘れ、涙を流す那月にぺぺはなにも言わずに寄り添い続けてくれた。

その夜、ぺぺと二人、那月は優艶《ゆうえん》で幻想的なカタルーニャ音楽堂の中央に座り、ビセンテのショーを見た。

薔薇の飾りとステンドグラスで装飾された美しい音楽堂。薄暗い照明、カスタネットと物哀しいカンテの音色が響く中、赤いライトに照らされ、黒いシャツとズボンに身を包んだビセンテの姿が浮かび上がる。ステージの壁には、ミステリアスなギリシャ風のレリーフが刻まれ、ステンドグラスから漏れる外の明かりが虹色にきらめく中、ステージ上の男の踊りを那月はじっと見つめた。

明るく華やかな雰囲気の兄と、ストイックで野性的で男らしい色香《いろか》の漂《ただよ》うビセンテとでは容姿も踊りも似ても似つかない。だから彼は兄の代わりにはならない。そこにいるのは全く異質な男だ。それなのに、壁に刻まれたビセンテの影のむこうに兄の姿が見えるような気がした。

（そうか……これは兄さんの贈り物……。だから見えるんだ……兄さんの魂《たましい》が彼のむこうに。兄さんの存在をこんなにもはっきりと）

しなやかな手の動き、力強いサパテアト、神々《こうごう》しいほどの体躯《たいく》が紡《つむ》ぎだす自由を求めた民族たちの踊り――フラメンコ。それを見ていると、はっきりと自分がどうすべきかが視《み》えてくる。

ここに残りたい。ビセンテと暮らし、ペペが大きくなるのを見届けたい。彼の料理と愛に包まれ、のびのびと楽しく。そんな暮らしをしてみたいという気持ちもある。自由を求めていた兄のように、なににも縛《しば》られず、好きなことをして生きるのはどんなに楽しいだろう。

（自由……それから自分の意思か。どんな人生になっても後悔しない覚悟……）

自分も決意しなければ。どうしたいのか、なにをするのが自分の人生なのか。

闘牛の世界にいられず、闘牛のない街で料理を作りながらフラメンコを踊る男。そんな彼に育てられながら、闘牛士になりたいと願う少年。そして志半ばで倒れても悔いはないという思いで、スペインで頑張ろうとしていた兄。

ここにきて、彼らの心の奥底がようやく見える気がした。そのとき、那月は自分がどうすべきか、未来への道をはっきりと心の中で決めることができた。

スペイン最後の日、ビセンテは店を休みにして、三人でゆっくり過ごそうと提案してくれた。

「ねえねえ、那月、もう日本に帰っちゃうの？」

もうぺぺと話ができるくらいのスペイン語はマスターしていた。

「うん、淋しくなるけど」

「やだやだ、ぺぺ、那月ともっと一緒にいる。義一パパはいないけど、那月がいたら淋しくないよ」

抱きついてくるぺぺの背を引き寄せ、そのほおにキスをすると那月は言った。

「……ぺぺ、半年、ううん半年と数ヵ月だけ待ってくれるかな」

「え……」

「そうしたら戻ってくるから」

那月がそう言ったとき、キッチンでグラスの割れる音がした。振り向くと、料理を作っていたビセンテがワイングラスを床に落としていた。

「今、何と言った?」

「戻ってくると言ったんだよ」

「本当に?」

那月は「ああ」と頷き、ぺぺを抱いたまま、厨房へと向かった。

「ビセンテ……待っていてくれると約束してくれるなら、来年の六月くらいにここに戻ってくる。それまで俺を待てる?」

信じられないものでも見るような眼差しでビセンテが那月を見つめる。

「あ、ああ、いいのか」

「何としても医師国家試験に合格してみせる。そうして、申請《しんせい》する、バルセロナ大学の医学部付属病院の研修医になりたいと。募集要項を調べたら、救命救急の研修が日本よりも充実していて、カリキュラムも素晴らしいことに気づいたんだ」

「……ではここで」

「そう、ぼくはここで生きていく。自分のなりたい仕事について、自分の愛する人と一緒に暮らせるよう。でもそのためには、来年の六月までここにはいられないんだ。それでもよければ」

「もちろんだ」

「その代わり、一つ頼みがある」

「頼み?」

「そう」

那月は腕の中にいるペペのほおにキスをして、彼をビセンテの腕に預けた。

「彼が十歳になったら、入れて欲しい学校がある」

「……っ」

「グラナダの闘牛学校。ビセンテの母校に」

「那月……」

「彼が死ぬかどうかなんて誰もわからない。でもあなたが闘牛士になりたかったように、兄がフラメンコダンサーになりたかったように……そしてぼくが救命救急医になりたいように……この子にも夢を追って欲しいんだ。それを支援したい。愛する相手と二人で、この国で」

那月の言葉にビセンテは何かから救われたような顔になり、ぺぺごと那月を抱きしめた。

「ありがとう」

もうとっくにそう決意していたかのようなビセンテのその言葉が嬉しかった。


来年の六月に帰ってくる。それから家族として一緒に暮らそう。最後に、そう誓った。

たった数週間で自分の人生をここまで変えていいのか、帰国してから、あれは一過性《いっかせい》の夢だったのではないかと思わないか。そんな不安がなくもないが、自分の性格を考えるとそれはないだろう。

「じゃあ、約束だからな」

ビセンテはそう言うと、その夜、とんでもないことを那月に要求してきた。

「綺麗になったぞ」

生まれて初めてそんなところを剃《そ》ってしまった。

「すかすかする」

「これで受験勉強に集中できるだろう」

「え……」

「それから日本で誰にも見られないように」

「誰にも見せないよ、でもまたワイルドだと言われるのは恥ずかしいから、これからはアンナチュラルにすることにした」

そんなバカなことをしながらも最後の夜はありえないほど濃密に求め合い、朝寝坊をして、一歩間違えると飛行機に乗り遅れるところだった。

「那月ママ、さよなら」

ママはやめろ、ママは……と思いながら二人にキスをして那月は飛行機に乗った。

飛行機がスペインの大地を離れるそのとき、頬に涙が流れ落ちてきた。

この国の光と影がわかったのかどうかわからない。けれど確実にその影にとりこまれた気がする。そして光にも。

目を瞑《つむ》ると、来年の六月の自分の姿が見える。

サグラダファミリアの予約をとり、電子チケットをビセンテに送る。店が休みの時間帯に合わせて、バルセロナに飛行機がついた日の午後の時間帯のものを。

そこで再会して二人で愛を誓って、ぺぺと三人で家族に——聖家族になろうと。

恋するマタドール

Koi suru Matador

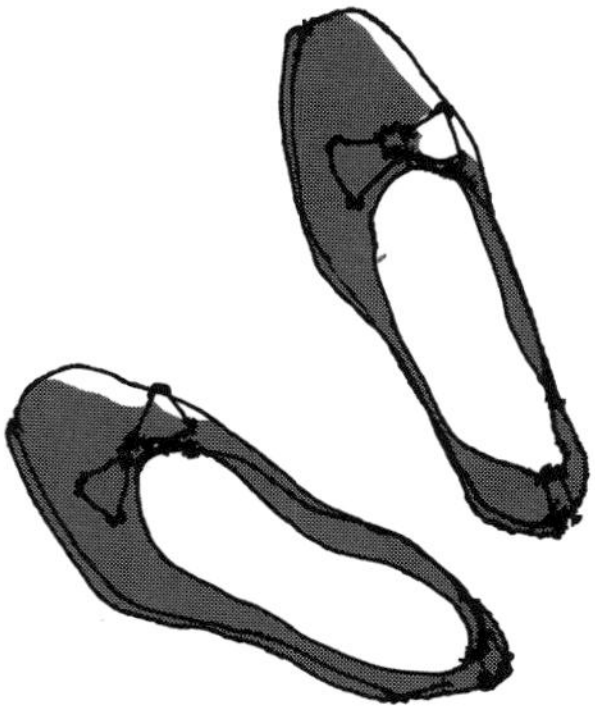

1

スペイン――アンダルシア地方の夏は、暑いなんて一言では、とても言いあらわせない。肌が焼け焦げる、灼熱《しゃくねつ》、うだるような暑さ、というのもまだまだ甘い。刃物で刺される感覚とでもいうのか、陽《ひ》の光が皮膚にざくざくと突き刺さってくるような体感を味わう。

なにせ摂氏五十度以上だ。地面の上で卵を割ると、じゅっと音がしたかと思うと、たちまち目玉焼きが作れてしまう。

そんな炎天下で、自分はといえば、いつ死ぬかわからない、ぎりぎりの命がけの現場にたたずんでいる。

といっても、消防士や警察官のような格好《かっこう》いいものではない。もちろん軍人でもない。きらきらの衣装をつけ、細長い剣と赤い布《ムレータ》を手に持ち、大勢の観客に見つめられ、円形のグラウンドに立つ仕事だ。

巨大な六百キロはある牡牛《トロ》を相手に闘牛をするために。

職業――闘牛士。

スペイン内務省から許可が与えられている正闘牛士《マタドール》である。

名前は、浅木流依《あさぎるい》。年齢十八歳。闘牛をするときは、母親が再婚したスペイン人の義父の名字を真ん中に挟み、ルイ・リベラ・アサギと名乗っている。

（しかも……こんなコスプレーヤーみたいな格好をして）

ボレロ風のジャケットには金色の刺繍《ししゅう》がほどこされ、膝下《ひざした》までの長さのズボンも金色の刺繍で飾られている。

靴下はビビッドなピンク色。

バレエシューズ型の黒い靴の先には、かわいいリボン。

しかも、下着はつけていない。

素肌にストッキングをじかに穿《は》き、その上にズボンを穿いている状態である。

いつ牛の角に突き刺されるかわからないのに、局部をサポートするものはなにもない。ただペニスと陰嚢《いんのう》を左側に寄せ、腿《もも》のところに固定しているだけだ。

牛の角がひっかかってズボンが破れたら、たちまち性器が丸見えになる。

これまで何人の仲間が牡牛《トロ》にズボンを破られてきたことか。

ぽろりとはみだしてしまった局部を晒《さら》しながらも、誰もがなに食わぬ顔をして、平然としている。そういうとき、一瞬でもそんな自分を恥ずかしいと思ったら負けだ。かんちがいでも何でもいい、俺は格好いいと思っていないとやっていられない。

（それが俺の仕事だから）

と、心のなかで揶揄《やゆ》してはいるものの、流依はこの仕事が嫌いなわけではない。

むしろ誇りに思っている。自《みずか》らの意思でマタドールを目指したのだ。

母親は、フラメンコがやりたくてスペインに留学した日本人女性。

父親は誰なのかわからないが、くっきりとした流依の目鼻立ちから、自分がハーフであることだけは確かだ。

母に言わせると、スペインの闘牛士は、日本の相撲《すもう》取りのような立場らしい。

違うのは、闘う相手が人間ではなく、牛であるということ。最後にどちらかが死ななければならないということ。要するに、大勢の観客の前で生と死をかけた勝負に立ち向かわなければならないのだ。

そんなぎりぎりの緊張の中にいるせいか、闘牛のあと、流依はどうしようもないほど、セックスがしたくなる。

もちろん誰でもいいわけではない。

ある一人の男、彼が相手でなければ熱くならない。

場所は、外の空気が感じられる場所、できれば夜の空の下がいい。

レモンとオレンジの甘やかで芳醇《ほうじゅん》な香りに包まれながらか、ピンク色のカーネーションや赤い薔薇《ばら》が咲きみだれている中庭《パティオ》のような場所でするのが好きだ。

たとえば今夜のように――――。

夜半過ぎ、闘牛が終わったあと自宅に戻ると、流依は家の者が寝静まるのを待ち、いつものようにパティオにむかった。

噴水の陰で待っていたのはクリスティアーノ。八歳年上の義兄で、母の再婚相手の息子だった。

「ん……っ」

彼とくちづけすると、もぎたての果肉をかじったときよりもずっと甘酸っぱい匂《にお》いが口のなかに溶けこんでくる。

「ん……っ……ふ……」

顔の角度を変えて唇をついばんでいるうちにレモンの香りのむこうから、ツンとした消毒薬の匂いが鼻先で揺らぐ。

医者の匂い——義兄の匂いだ。

ああ、生きて、この男のところに無事に戻ってきたのだと実感したとたん、全身の血がたちまち騒がしくなる。

「本当に乳首が好きだな。みずみずしいピンク色で、ぷっくりと弾力があって、俺の指に吸いついてくる」

くいと流依の乳首をつまみ、義兄が囁《ささや》く。流依の乳首の下には、義兄の手によって手術がほどこされた痕《あと》が残っている。

そこに命を吹きこんだ人間が、今、そこから快楽をつむぎだそうとしている。

そう思っただけで身体の芯《しん》が熱くなってきた。

「若々しくて繊細で……気が強そうなところがおまえそのものだな」

こちらの反応を楽しんでいるときの、この男の表情は少しばかり意地悪そうだ。

けれどそういうところが好きだ。実に、この男らしい気がして。

やがて体内に彼が挿《はい》りこみ、身体のなかがいっぱいになっていく。

「あ……っ……ああっ」

そうしているうちに、いつも同じ幻影が視界のなかで揺れる。

（また……だ。また……あの幻影）

自分が小さな蝶々《ちょうちょう》になり、芳醇な香りを放つ肉厚の花びらに呑《の》みこまれていく幻。

「ん……あ……あぁ……ああっ、ああ」

激しく腰を打ちつけられ、息も絶え絶えになり、脳まで沸騰しそうな瞬間、ふいに見えてくるのだ。

花びらの奥——濃厚な蜜《みつ》でぐっしょりと濡《ぬ》れた底に溺《おぼ》れていくような感覚。

甘く、それでいて重苦しい幻像が脳内で揺れている。この身体の内側にいるのは義兄なのに、どうして流依自身が彼の内部に埋もれていくような奇妙な感覚をおぼえるのだろう。

「あ……ああっ……ああ」

幻のなかで、どっぷりと自分が蜜壺《つぼ》に嵌《は》まりこんだように感じたそのとき、内壁に叩《たた》きつけられる熱っぽい粘液の存在に、一瞬で現実へとひきもどされる。

「……」

気づけば、同時に射精していた。

義兄の遺伝子が己の粘膜へ無駄に放射されていくのが伝わってくる。

このとき、いつも同じことを思う。何てもったいないことをしているのだろう。絶対に孕《はら》むことのない同性の体内なのに。何の実も結ぶことはない場所なのに。

ここで消滅していくものは、何て軽くて、何てむなしい命なのだろう、と。

(いや、むなしいのは、今日、俺が殺した相手か。あれはどうなんだろう、どんな命の重さなのだろう)

闘牛の牛は、終わると同時に解体場に運ばれ、その夜、どこかのレストランか家庭の食卓に並ぶことになる。今ごろは誰かの胃におさまり、その人の身体に溶けこみ、命の糧《かて》となっているのだろう。

(だとしたら、まだ俺よりはマシか)

自分が死んだときは誰の命の糧にもならないのだから。

ぐったりと横たわったまま、とりとめもないことを考えていると、静かにこちらを見る義兄の眼差《まなざ》しに気づく。

流依はじっと見あげた。義兄が目を細め、流依の前髪を梳《す》きあげてくる。

「どうした、妙な顔をして」

くせのない黄金色の髪から滴り落ちる汗をパティオの片隅に灯《とも》った明かりがうっすらと浮かびあがらせている。

何てすっきりとした形のいい鼻梁《びりょう》をしているのだろう。

どこか酷薄そうな唇も加わり、冷ややかな彫像のような顔をしている。

優雅に整った風貌《ふうぼう》。いつ見てもそうだが、この男からは、己の美を完璧《かんぺき》に自覚しているような悠然さと、それすらどうでもいいような超然とした空気を感じる。

神秘的なのは、ちょっとした光の加減で色が違って見える双眸《そうぼう》だ。

真昼のアンダルシアの濃密な空色のように感じるときもあれば、今、地上を覆っている濃紺色の夜の空にも似ている。

そのせいかミステリアスで得体の知れない夜行性の獣のように感じる。

「外が好きなのか?」

低く囁《ささや》くような声が、真夜中のパティオに静かに響く。

そう、外のほうが好きだ。見あげると、うるさいほどの星のまたたきが視界を覆う。

『流依、スペインの夜の空って、私の故郷の空に似てるんよ。東京やなくて、四国いう地方にある高知県の空やけど』

夜空を見あげるたび、昔、母が呟《つぶや》いていた言葉を思い出す。

日本人の母親を持ちながらも、スペインで生まれ育った流依は、一度も日本に行ったことがない。会話も母は日本語、流依はスペイン語で話すという形だった。

なので言葉の意味がリアルには理解できないのだが、何となく夜空に安心感を抱いてしまうのは、そんなふうに聞いて育ったせいだろうか。

「外がいい。外が好きだ。夜、夜中、こんなふうに狂ったようにしまくるのが」

「だが少しは控えないとな……こんなにして。傷がひらいているじゃないか」

隣に横たわったクリスティアーノが流依の首筋に手を伸ばしてくる。この前、縫《ぬ》った傷がひらいたらしい。そこを撫《な》でた彼の長い指の先にうっすらと血がついていた。

「よく言うよ。たった今、俺にめちゃくちゃなことした張本人のくせに」

あいかわらずムカつく男だ。あとからこんなことを言うなんて。

「ひとを犯人扱いするな、おまえも欲しがったじゃないか」

「そうだけど……」

「だいいちこれは今のでひらいたんじゃない。昼間、闘牛中におまえが無理をしたのが原因だ。こんなことばかりくりかえしていると……そのうち死ぬぞ」

「治してくれるんだろう？　医者として」

「さあな」

義兄は流依から離れ、けだるげに髪をかきあげながら噴水にもたれかかる。

「怪我《けが》をしたときは、いつでも助けてやるって言ったじゃないか」

地面に手をつき、半身を起こしてその横顔を見あげる。

「忘れた」

横目で冷ややかにこちらをいちべつしたあと、流依の肩に義兄が手を伸ばした。

ぐいっと力強くひきよせられる。

ひんやりとした肌の感触に、また身体の芯が熱を帯びてきそうになったとき、消毒薬とレモンとが入り交じった香りのむこうから、静かな声の囁きが聞こえてきた。

「大丈夫だ、助けてやる。現場にいたら、すぐに。まだおまえ程度の、未成熟なマタドールをスペインの英雄にするほど、俺は心が広くない」

意味不明な言葉。面倒くさい物言いをする男だと思いながらも、そういうところに惹《ひ》かれなくもない。

「スペインの英雄って？」

「闘牛士は闘牛場で死ぬと、英雄として語り継がれる」

その言葉に条件反射のように、流依は口元に歪《ゆが》んだ笑みを浮かべた。

確かに。

闘牛――スペインの国技。

国民的祝祭《フィエスタ・デ・ナシオナル》といわれているそれは、十九世紀の装束に身を包み、円形の闘技場で、巨大な牡牛と人間とが闘う。じかに闘うのではなく、赤い布《ムレータ》を使って、牛を誘導し、自分の近くを走らせ、牛が疲れてきたとき、その背に剣を刺し、一瞬で仕留める。

どれだけ巧みに、どれだけ美しい動きで、どれだけぎりぎりの緊張感を漂わせ、なによりどれだけ牛を苦しませずに殺せるか――そこに闘牛士の真価が問われる。

それができなかったときは、観客からブーイングを浴び、空き缶やゴミを投げつけられ、惨《みじ》めな姿で闘牛場を退場することになる。

もちろん、牛を殺す以上は、こちらも命がけだ。体重が十倍以上もある牡牛にむかうのだから。今ではサッカー人気に押されているが、かつてはスペイン少年の憧《あこが》れの仕事だった。闘牛士になれば金持ちになれる、闘牛士になればいい暮らしができる、闘牛士になれば名誉も女も金も手に入る、と。

ただし、その代償として、闘牛中に命を喪《うしな》う可能性がある。

牛の角に心臓を刺されて死ぬこともあるし、ぶつかられたときに首の骨を折ることもある。あとは刺されたところからの出血多量、牛の角にある細菌に感染することも。

スペインでは、闘牛場で死んだ闘牛士は、その後、英雄にされる。

（俺が英雄ね。不思議な気分だ）

流依は笑みを浮かべた。

「いいんじゃない？　覚悟がなかったら、こんな仕事してないんだし」

釣られたように義兄が鼻先で嗤《わら》う。

「確かに……そうだ」

「それに、おもしろいじゃないか。日本の血をひくハーフの闘牛士、十八歳の若さで闘牛場で散る——ということになったら」

「ああ、話題にはなるだろう」

「日本でも報道されるだろうし、スペインでは、俺の人生がドラマや映画になるかもしれないんだろう？」

「そうだ」

「だったら、俺たちの関係も映画で描かれるってわけか」

「俺たちの関係？」

ああ、と流依はうなずいた。

「こんな感じはどう？　闘牛士の流依は、義兄のクリスティアーノと肉体関係がありました。闘牛のあとは、彼に抱かれ、快楽で、ずくずくにされないと、生きている実感が湧《わ》きませんでした。彼は、そんな義弟《おとうと》をいつも楽しげにいたぶっていました……と」

皮肉たっぷりに話していると、さすがに図星過ぎて気分を害したのか、義兄が眉間《みけん》にしわを刻む。

「何だよ、不機嫌になることないじゃないか。本当のことなのに」

「別にその程度で怒りはしない。続けろ、なかなかいい感じじゃないか？」

義兄は尊大に言った。

「なら、せっかくのリクエストに応《こた》えて」

横になり、流依は床に肘《ひじ》をついた。

「流依とクリスティアーノ、二人の始まりは八年前だった。流依は神のように美しかった闘牛士クリスティアーノの闘牛に魂を奪われ、自分も同じ道を目指すことを決意した。だけど彼はその日を最後に引退し、流依の前から消えた。それが流依の心にどれほどのショックを与えたことか」

わざと三人称を使い、物語風の語りで、流依は言葉を続けた。

「流依はその日からクリスティアーノの幻影を求めるようになった。彼のような闘牛士になろうと心に決めて。闘牛士として活躍すれば、遠くからでも彼が自分を見ているはず、だからいつか再会できると信じて。それを支えにして」

「再会を支えに？」

「そうだ。流依の思ったとおり、クリスティアーノは、その間、ずっと流依の闘牛を見ていた。

そして八年後、ついに流依は再会を果たした。ただし自分が好きになった闘牛士としての彼ではなく、闘牛士の命を助ける医師になっていた彼と。しかも再会してすぐに闘牛場で命を助けてもらうという劇的な形で」

言いながら見あげると、うっすらと細められたクリスティアーノの目が自分を捉えていた。この男の濃い蒼色《あお》の眸《ひとみ》。見つめられると、背筋がぞくりと震え、また身体の奥に熱が籠《こ》もり始める。

初めて会ったときのことを思い出して。

そのときはまだ闘牛士として活躍していたこの男に惚《ほ》れた。

でも今は違う。医師として、自分を助けようとしてくれるときのこの男の目が愛しい。

そんな流依の心に気づきもせず、彼がバカにしたように吐きすてる。

「駄目だ、なにが劇的だ、陳腐すぎる」

「な……」

「いまどき、メロドラマにも使えないネタだ。映画になっても興行打ちきり、ドラマになっても低視聴率、伝記はすぐに絶版だろうな」

「だけど闘牛場で死んだら、スペインでは英雄になれるんだろう？」

かつてスペインの有名な詩人が語っていた。スペインでは「死」がすべての始まり。他の国は「死」で終わってしまうことでも、スペインではそこからが始まりだと。

「まだだ。まだ未成熟だと言っただろう。どうせ英雄になるなら、トップを極《きわ》めてからにしろ。それまでは医師として、助けられるかぎりは助けてやるから」

医師の義兄と、闘牛士の義弟。

もう何度こんなやりとりをしているのだろう。

初めは闘牛士になるつもりはなかった。八年前、この男とさえ出会わなければ。

この男の闘牛に惚《ほ》れなければ。そうすればこんなにも大きく運命が変わることはなかっただろう。

光と影の国といわれているスペイン。

その光と影の最大の象徴——闘牛。

その世界で生きる闘牛士、それに関わる多くの人々。まるで彼らの光と影、その狂愚《きょうぐ》な宿命に呑《の》みこまれるように、あの日、流依の人生が変わってしまった。

この男の闘牛を見たあの日から———。

2

「——俺、マタドールになる」

流依《るい》がそう決意したのは、八年前の夏、母親が再婚した十歳のときだった。

流依の母は、二十歳のとき、フラメンコダンサーを目指し、家出同然に日本を飛びだしてきた。スペインのセビーリャに住み着き、流依はそこで生まれ育った。オペラ『カルメン』の舞台にもなったその街は、スペイン南部アンダルシア地方一大きな街で、闘牛とフラメンコの本場とも言われている。

母は、明るくて気さくでお人好し。言い寄られると断れない性格だったせいか、いつも複数の男とつきあっていた。流依の父親はそのなかの誰かのようだが、はっきりと誰なのかはわからないらしい。

「あんたの父親、多分、ダンサーかマタドールかモデルか俳優の誰かやけんど。みんなぁ、ほっそりしたイケメンやったき、あんたの顔見ても、誰ながか見当つかんがちや」

父親は誰なのか、と問いかけると、母はいつもそんなふうに答えた。

だがどんな男性とつきあっても長続きした例《ためし》がない。惚《ほ》れっぽくて恋愛ばかりしているように見えて、実はフラメンコ一筋のところがあり、恋愛より踊りを優先してしまうのがその理由のようだった。

「スペイン男はいかんちや。働かんし、へたれやし、恋愛脳やし、仕事に生きる女の気持ちがわからんがよ。あいつらの頭のなかて、恋愛とセックスしかないき。金太郎飴《あめ》みたいに、どこ切ってもおんなじやとフラメンコ仲間の日本人の間で言うちょる。流依は、そうならんちょいてよ。人生を懸けられるもん見つけて」

彼女のそういう姿勢は大好きだったが、同時に母の行く末が心配でもあった。

異国の地で自分たちはたった二人きりの家族。母がいないと自分は独りぼっちだし、自分がいないと母も独りぼっちだ。

「なあ、母さん、ふらふらしてないで、いいかげん、ちゃんと結婚しなよ？」

「結婚？　何で？」

「今なら若くて綺麗《きれい》なんだし、相手も見つかりやすいと思う。大物捕まえなよ」

「そう？　そろそろまずいろうか？」

「まだ大丈夫。日本人は若く見えるから。でものんびりしてると、そのうちまずくなるよ。見た目が若くても、俺みたいな息子がいるんだから、年がバレちゃうよ」

「あんたもはや十歳かえ。すっかりえらそうになって。けんどそういうとこ、好きやき」

そう言って、流依をむぎゅっと抱き、額にキスをしてくる母。

当然のように、母は流依にフラメンコを習うように勧《すす》めた。

「流依、スタイルええし、骨格は細いし、手足は長いし、顔はめちゃくちゃ綺麗で、可愛いがやき、あんた、ダンスにむいちゅう」

だが流依自身は、どちらかというと、ダンスよりも武道のほうに惹《ひ》かれた。

母が日本語の勉強用にと買ってくれた日本のアニメや時代劇に興味を持ち、近所の武道道場で空手や合気道、剣道の稽古《けいこ》にも参加していた。

二人の生活に変化が訪れたのはそんな会話をしてすぐのことだった。いきなり母が再婚することになったのだ。

「流依、何と牧場のオーナーと結婚することになったがよ。名前はホセ・リベラ。こないだ、たまたま腹痛で病院に行ったとき、友人の見舞いにきちょったホセと知り合《お》うて、それから仲良うなって…」

「すごい、馬の牧場だったら嬉《うれ》しいな」

目を輝かせる流依に、母は肩をすくめて笑った。

「残念、牛よ、牛」

「だったら、毎日、ただで牛乳飲める？」

「乳牛やないが、肉牛。闘牛用の牛を放牧しちゅう牧場。リベラ牧場いうところなんやけど、スペインじゃあそこそこ有名やと」

「闘牛って……あの人間と闘うやつ？」

「そうよ、毎年、セビーリャの春祭《フェリア》のときに、川沿いの闘牛場でやりゆうろ。あれよ、あれ。見たことない？」

「お祭りのときは、母さんのとこ手伝ってるんだから、見られるわけないじゃないか」

スペイン三大祭りのセビーリャの春祭。世界中から観光客が集まるその時期は、母も一年で一番忙しい。どんなフラメンコショーでも満員御礼。いつもの倍以上のステージをこなさなければならない。

　そのときは流依もかり出され、ステージの裏方スタッフとして、衣装の整理をしたり、道具を運んだり酒を運んだり……と、子供ながらにアルバイトをしていた。

　なので、テレビのニュースや動画でちらっと見たことはあるものの、闘牛はどこか遠い世界の、未知なるものだった。

「明日、彼の町の闘牛場で、闘牛があるき、見に行かんかえ。ホセの牧場の牛と、それから十八歳の息子さんが出場するが。マタドールに昇格したばかりの、まっことかっこええ息子さん、流依の義兄さんになるがやで」

「ちょっと待って。マタドールってのはすごいかもしれないけど、ホセって、まさかバツイチなの？」

「ううん、バツ3。私で四人目になるが。昔はハンサムな闘牛士やったがよえ」

「ダメだよ、もっと堅実な人と結婚しないと。またいつもの恋愛脳の金太郎飴じゃない？　スペイン在住の英国人とかドイツ人とかのほうがいいじゃん」

「彼がええの。クリスティアーノゆう闘牛士の息子さんがおるんやけど、今は彼のマネージメントで忙しいんよ。闘牛士のときは、クリスティアーノ・リベラゆう名前で出ちゅうんやけど……知っちゅう？」

「ええっ！　ニュースに出ていた人だ」

「ニュースに？」

「うん、十七歳でマタドールに昇格して注目されているって。容姿も頭もよくて、闘牛をやりながら普通の進学校にも通っていて、学校ではトップの成績って……」

「そう、彼、賢いがよ。彼の母親、ホセが離婚した二番目の奥さんなんやけど、現役の医師で、母親の影響もあるがやろうね」

「すげえ。俺と正反対だ」

「流依も、闘牛、勉強しいや。ホセがあんた見て、闘牛士にむいちゅうって太鼓判押してくれたき」

「えっ……俺って……いつ」

「先々週、お祭りで武道のパフォーマンスやったやんか、あんときよ」

そういえば、この前、隣町の祭りで、武道のパフォーマンスをやった。剣道と合気道の。昨今の日本のアニメブームの影響もあって、ものすごい見学者がきていた。

「まさかあれを？」

「そう。流依は、闘牛士になるに理想的な容姿をしちゅうがやと。動きが美しうて、一つ一つの動作にオーラがあるちやって。私のフラメンコ指導のおかげやね」

「でも武道ともフラメンコとも闘牛は違うだろ。俺、古代の剣闘士《グラディエーター》みたいに逞《たくま》しくないし」

「流依、闘牛士とグラディエーターとは違うがやで。じかに牛と闘うがやないんやき、逞しくのうてもえいが」

「本当に？」

「美しい衣装を着て、美しさと勇敢さゆう、別々のもんを一緒に披露する。その点は武道に似ちゅうろ？」

「あ、ああ」

「日本語じゃ、牛と闘うと書いて闘牛ゆうけんど、スペイン語はコリーダ・デ・トロスって言うやんか。トロスは牛の複数形。コリーダは走るって意味。つまりどれほど美しく、どれほど凛々《りり》しく牛を走らせることができるがかがまっことの意味ながよ」

そういえばそうだ。日本語とスペイン語では、表現方法が違う。

「流依みたいな綺麗な子は理想的ながよ。武道もできて、動きは俊敏やし。ホセは、あんたを一から育てたいがやと」

「ちょ……待ってよ。俺が闘牛士なんて。だいいち一度も見たことがないのに」

「トップマタドールになったら、年収百万ユーロ、日本円だと一億円超えるんやて」

「えっ……」

胸が弾み、目が輝いてしまう。

不謹慎かもしれないが、生まれてこの方、ずっと貧乏暮らしだったこともあり、そんなことを言われると心が揺れてしまうではないか。イタズラっぽい目で流依を見つめ、母が笑う。

「すごいやろ？　武道家の年収らぁて知れちゅうわ。フラメンコもそう。けんど闘牛は違うで。ましてや闘牛界の大物のホセがあんたを育てたい、息子のよきライバルにしたいって。百万ユーロも夢じゃないき」

すごい話だ。そんな大金が手に入ったら、なにができるだろう。

興奮してドキドキしてきた。

「流依、闘牛士になって、がっぽり稼いで、ぱぁっとやっちゃろうよ」

「だけど……俺、闘牛なんて一度もまともに見たことがないし、まだ好きかどうかもわからないし、どうせなら心底打ちこめるものがしたいから、今すぐ決められないよ」

「流依は好きになると思うよ。ほんなら、見に行かんかえ。明後日《あさって》の日曜、クリスティアーノが闘牛に出るがやき」

百万ユーロに釣られつつ、週末、母に連れられ、流依はセビーリャから車で二時間ほど西側にある小さな村へとむかった。

八月ということもあり、ひまわりはあまりの太陽の強さにすべて枯れ果て、どこまでも果てしない大地にはただただ麦の穂だけが光を浴びてきらきらと煌《きら》めいていた。

海から近いせいか、車から出ると、うっすらと潮の匂いがしてきた。

上空をあおぐと、雲ひとつない濃密な蒼い空が広がっている。

「行こうか。闘牛場はあっち」

村のあちこちからギターやカスタネットの音、手拍子といったフラメンコ音楽が聞こえ、女性たちは祭用の民族衣装――フラメンコ風のドレスに身を包んでいる。

母も深紅の民族衣装を着けていた。浅黒く焼けた肌、漆黒の長い髪をくるくると巻いて、耳元に赤い薔薇《バラ》の髪飾りを挿《さ》している姿はどんなスペイン女性よりも美しく見えた。

「流依、これ、ありがとね」

母は右の耳元に挿した赤い薔薇の髪飾りを指でさし、ウインクしてきた。流依も鍔広《つばびろ》の帽子に短いボレロ風の上着といったスペイン男性の民族衣装を着ている。

「ホセからなにかもらった？」

「この指輪とこの深紅のイヤリング。あと闘牛の招待券。席は日陰席の一列目」

記念写真を撮ったあと、母と二人、日陰席と記されたスペースにむかう。

闘牛場には、日陰席《ソンブラ》と日向席《ソル》とがある。

日陰席は、ちょうど建物の陰になって陽《ひ》が当たらない場所である。つまり闘牛場内の西側や西南側にある席のことをいう。一方の日向席はその反対側にある。

尤《もっと》も陽が暮れるごとに太陽が徐々に移動していくので、闘牛が終わる頃には、日向席も日陰になっているが、最初の一時間ほどは、強烈な太陽を浴びてしまう。

そして闘牛場には観客の座っているスタンドの下に一メートル幅ほどの通路がある。

日陰席の前の通路を闘牛士が待機所として使用し、スタッフが布や剣を運び、闘牛の準備をしていた。

午後七時——まだ空は明るい。黄色い地面が整地され、円形の闘牛場は民族衣装で着飾った女性や闘牛愛好家たちでぎっしりと埋めつくされていた。

「ホセは？　俺、まだ一度も会っていないからあいさつしたいんだけど」

「闘牛のあとに紹介するちや。クリスティアーノが着替えるホテルに行って」

ひととおり周囲をながめたあと、流依は受付で配られたチラシに視線を落とした。

今日の出場者——クリスティアーノ・リベラ。十八歳。

正式名称は、クリスティアーノ・リベラ・モンパル。

父親はリベラ牧場のオーナーのホセ。

母親はスペイン人ではなくカタロニアの血を引き、現バルセロナ在住の医師。

祖父は伝説的な闘牛士。叔父、従兄《いとこ》たちも現役の闘牛士として活躍中。

クリスティアーノ自身は、一年前にマタドールに昇格している。

「今日の出場者って、クリスティアーノだけ？　闘牛って一人の闘牛士しか出ないの？」

「そう、今日は特別みたいで、彼しか出んがよ。普通は三人出るんやけど」

ラッパの合図とともに入場行進が始まり、すらりとした水色と金色の衣装を着けた長身の男が闘牛場に姿を現す。

（あれか。俺の義兄になる人か）

日向に伸びた長身の男の影。

スペイン、しかもアンダルシアの男性なのにさほど風貌が濃くはない。

上品で、少し切れ長の目元。すっきりとした鼻筋に、気品に満ちた顔立ち。それに知的さと端整さを備えている男性だった。

さらりとした金髪が太陽の光を浴び、彼のまわりに淡い光の層ができている。

凛々しい男性に対して、変な形容詞かもしれないが、セビーリャの教会に飾られている絵画の聖母みたいだと思った。

天上からの光をまとっているこの世のものとは思えない優雅さを漂わせた姿。

こんな人間がこの世にいるのか——と、吸いこまれるように見ているうちに、彼の闘牛が始まった。


頭上から真夏のアンダルシアの陽が降り注いでいる。

焦げたような、灼《や》けたような匂いがする。

アンダルシア特有の白い漆喰《しっくい》の壁が陽の光を反射して目に眩《まぶ》しい。

乾ききった風が吹き抜けるなか、大きな布を手にクリスティアーノが闘牛場の中央に立つ。ピンク色が表、裏が黄色になった大きな布。半円形のケープのような形をしている。牛を殺すときに使う赤い布《ムレータ》とは違う。

牡牛《トロ》が現れ、彼がぱぁっとピンクの布を広げた瞬間、陽射《ひざ》しが布に反射し、まばゆい光を弾く。陽の強さのせいか、広げた布が螺旋《らせん》を描いた蜃気楼《しんきろう》のように揺れている。そのなかに吸いこまれるように牡牛が突進していく。

まるでクリスティアーノが布一枚で他者の人生をあやつっている神のように見えた。

強烈な光の渦。そこに自分も巻きこまれ、支配されていくような。

クリスティアーノが広げた布に牡牛が吸い込まれるように突進していくたび、自分もその布が放つ光に埋もれていくような錯覚をおぼえる。

闘牛をしているときの彼の姿は、さっき、感じたような聖母的なものではない。

地上のものをすべて支配していくような存在感に胸が昂揚《こうよう》していく。

やがて騎馬に乗った槍《やり》打ち士と三人の銛《もり》打ち士が闘牛に槍と銛を打ちこんだあと、もう一度、高々とラッパが鳴る。

クリスティアーノが帽子を取り、赤い布と剣を持って闘牛場の中央に立つ。

さっきのピンクの布とは違う。今度は、もう少し小さめの深紅の布で、一緒に剣もたずさえている。牛を殺す場面で使う布だということは、闘牛のことを知らない流依でも何となくはわかった。

まだわずか十八歳。それなのにクリスティアーノが赤い布を手にして立っているだけで、ある種の昏《くら》さとストイックな男の色香のようなものが漂っている。

そのとき、背後にいる闘牛関係者の言葉が流依の耳に入ってきた。

「クリスティアーノのやつ、ずいぶん変わったな。鬼気迫る闘牛をする。死神《ムエルテ》のようだ」

「仲間が練習中に死んでからだ。十代であの死神のような雰囲気……ぞっとするな。ああいう表情は、人生の酸《す》いも甘いも毒も薬も知っていないと出てこないものだぞ」

死神――――？

一列目の手すりにしがみつき、流依は目を見ひらいてクリスティアーノの姿を追った。

黄色い砂の上にできた光と影の境界線。ちょうど真ん中で分かれている。

クリスティアーノはその境界線の上に立ち、目の前にいる漆黒の牡牛にむかって、赤い布をゆっくりと揺らした。太陽の光を反射して、ゆらゆらと揺れる布。そのシルエットが地面にくっきりと刻まれている。

どっと、地鳴りのような音を立て、砂埃《すなぼこり》をあげ、赤い布に牡牛が突進していく。

だが、ぎりぎりのところで赤い布を一瞬にしてクリスティアーノが自分の背中へと動かした。牡牛はその布に支配され、クリスティアーノの背中すれすれのところを走り抜けていく。

そのとき、強烈な夏の太陽の光をまじえたオーラのようなものが、ゆらゆらと彼のたたずんでいる地面から揺らぎ出るように感じた。

「オーレ、クリスティアーノ、オーレ！」

観客たちの熱い声援が小さな闘牛場をあふれそうなほどの熱気で包んでいく。楽団が奏でているパソドブレの旋律も異様なほどこだましている。

だがそんな熱さとは裏腹に、クリスティアーノの表情はなおも静かだった。

そこだけ別世界のように、どこまでも冷めている。

神か死神か——どっちなのだろう、そんな問いを心のなかでくりかえし、答えを求めるかのように、流依は必死に目を凝らしてクリスティアーノの闘牛を追った。瞬《まばた》きも呼吸も忘れ、ただただ魂を奪われたように。


「流依、流依、どうした、変な顔をして」

「あ……っ」

闘牛が終わっても、呆然《ぼうぜん》とした顔で席に座っている流依の肩を、母が大きく揺らしてきた。

「そうか……もう終わったのか」

夢を見ていた気分とでもいうのか。

いや、違う、光と影が交錯するとてつもなく美しい幻影の世界をさまよっていたような感覚

が身体のなかに残っている。

今のは何だったのだろう。流依は立ちあがり、柵《さく》を越えて闘牛場に降り立った。乾いた黄色い砂。牡牛の血の痕。ぐるりと振り仰ぐと、薄紫色の夕闇《ゆうやみ》に染まった空が円形に切りとられたように見える。

もう今は、闘牛士も牛も誰もいない。ふいに胸の奥底が搔き毟《むし》られるような切ない飢餓感に襲われる。もっと見ていたかったのに。もっともっとあの男の闘牛を見ていたかったのに。流依は放心したような面持ちで全身を震わせていた。

「流依、ホテルにご挨拶《あいさつ》に行かんと」

「あ、うん」

「どうした？　夢中になって見ていたけど、闘牛士になりたくなった？」

「わかんない……そんなふうにまだ考えられないよ……クリスティアーノが凄《すご》すぎて」

どうしよう。身体の奥が騒がしい。泣きたいような叫びたいような訳のわからない衝動でどうにかなってしまいそうだ。ああ、もっと欲しい、もっともっとあの男の闘牛の時間が欲しい。

母に手を引っぱられ、闘牛場のむかいにあるホテルにむかった。

三階建てのさほど大きくないホテルということもあり、ロビーはファンでごった返していた。子供から老人までもが集まって大騒ぎをしている。なにかと思うと、ファンにもみくちゃにされているクリスティアーノの姿があった。サインや写真撮影をせがまれ、なかなかエレベーターに辿《たど》り着《つ》けない様子だった。

「彼、あんなところに。まだ衣装をつけたままだ」

「三階に彼の部屋があるけんど、このあと衣装を脱いで、シャワーを浴びるから、ご挨拶はそのあとやね。まだ一時間くらいかかると思うき、カフェでお茶でも飲んで待っちょこか。食事はホセたちと一緒にね」

母がカフェにむかう。

「先に行ってて。すぐ行くから」

流依は母に背をむけると、我を忘れたように階段をのぼっていた。

(見てみたい、近くで。あの人を)

どうしたんだろう、身体のなかからいろんなものがあふれてきて抑えることができない。おかしい、自分が変だ。あの人の闘牛が目に灼きついて、怖いほど胸が騒がしい。この興奮が何なのか教えて欲しい。

それから知りたい、闘牛が終わったあとのこの切ないようなやりきれないような、なにか大切なものを失ってしまったような喪失感は一体何なのか。

いてもたってもいられない衝動に駆られて三階につくと、ちょうどエレベーターからクリスティアーノと父親のホセらしき男性とが出てきた。

流依のいる場所とは反対側にある部屋の鍵《かぎ》を開け、なかに入って行こうとする。

「あ……待って」

声をかけようとしたが、しかし次の瞬間、廊下に響きわたった音にはっとして、流依は反射的に動きを止めた。

それはホセがクリスティアーノの頬《ほお》を叩《たた》いた音だった。

「いいかげんにしろっ！」

ホセの怒鳴り声が響く。流依は金縛りにあったようにその場に立ち尽くした。

「闘牛をやめるだと、よくもそんなことが言えるな」

え……やめる？　流依は耳を疑った。

クリスティアーノにつかみかかるホセ。乱れた前髪。その髪の隙間《すきま》から、濃密な蒼色の眸《ひとみ》が冷ややかにホセを見つめる。

「今日が最後だ。最初から十八歳でやめるつもりだと言わなかったか？」

「どうして……俺の夢は……息子を世界一のマタドールにすることなのに」

「それはオヤジの夢だ。俺の夢じゃない」

「クリスティアーノ……」

「ウンザリなんだよ。観客の前で来る日も来る日も牛を殺して。動物愛護団体から殺し屋だの、血に飢えた男だのと突きあげられて、世界の進歩の流れからとりのこされたような場所で生きていく人生にもうウンザリしてんだよ」

「おまえには才能がある。生まれも容姿もいい。運もある。一流の闘牛士になるには、才能と運、生まれ、容姿がどれほど大切か」

「だが一番大切なものが俺にはない」

「一番大切なものだと?」

その問いかけに、クリスティアーノは「ああ」と冷めた顔でうなずいた。

「愛、情熱、狂気、切ない想い……すべてをひっくるめた闘牛士としての魂だ。俺には闘牛士としての魂がない」

冷ややかに言い放つクリスティアーノに、ホセが哀しそうな顔で押し黙る。

その様子を廊下にたたずみ、流依はただただ呆然と見つめていた。

「さっさと行ってくれ。なにを言っても無駄だ。俺は今日をかぎりに引退する。来週、あんたと日本人との結婚式のあと、バルセロナに行く。意味はわかるな?」

冷たく言うクリスティアーノに、ホセがさらに拳《こぶし》をあげたそのとき、ふいに電話の鳴る音が聞こえた。

ホセが彼から手を離し、携帯電話をとって「あとでもう一度話し合おう」と伝えて、エレベーターに乗りこんでいく。流依が呆然としていると、クリスティアーノは閉じられたエレベーターの扉を見て、静かに独り言のように呟いた。

「無駄なのに。俺には、闘牛士としての魂がないのだから」

無駄？　魂がない？

流依が首をかしげていると、クリスティアーノが視線に気づいた。ちらりと流依をいちべつしたあと、しかしなにも言わず背をむけ、部屋に入っていく。流依は思わずその後を追った。

「待って、クリスティアーノ！」

とっさに走りだし、後ろから彼の腕をつかむ。闘牛士の衣装。思ったよりもずっと硬質な布の感触を手のひらに感じた。

「どうして闘牛士をやめるの？」

押し黙ったまま、クリスティアーノがふりむく。流依は大きな目で彼を見あげた。

「闘牛、やめないで。あんたの闘牛、もっとたくさん見せて。俺……あんたの姿が神のように見えて感動して」

「神？」

クリスティアーノが眉《まゆ》をひそめる。じっと流依を見下ろしたあと、ふいに流依の首根っこに手を当て、壁に押しつけてきた。壁に手をつき、クリスティアーノが歪《ゆが》んだ笑みを口元に浮かべる。

「神？　死神じゃないのか？」

死神――――！　神《ディオス》ではなく、死神《ムエルテ》。

「死神ってどうして」

「みんなそう言う。闘牛評論家どもは、口々に、クリスティアーノは死神のようだと」

だから流依もそう思ったのではないかと問いかけられているのか。

流依はかぶりを振った。

「俺には神に見えた。わからない……どうしてみんなが死神なんて言うのか」

「死神だ。だから……やめるんだよ。ゲルニカに描かれる牛と同じで」

「ゲルニカ？　さっぱりわかんないよ。死神なんて言われても俺にはさっぱり」

「答えは、おまえが見つけてくれ」

「何で…」

「俺の闘牛に魂を奪われたんだろう？」

「どうして……それを」

「日陰席《ソンブラ》の一列目《バレラ》。手すりにしがみついて、魂が囚《とら》われたような顔をして、ずっと俺を見ていたじゃないか」

気づいていたのか。いや、当然といえば当然か。日陰席は、闘牛士の待機場のすぐ真後ろなのだから。

「そうだよ、すっごく感動した。魂が抜けたみたいになってしまった。でも今は淋《さみ》しくて仕方ない。何か大事なものを喪ったみたいに淋しくて淋しくて」

どうしたのだろう、ふいに涙が出てきた。ぽろぽろと大粒の涙が流れ落ちてくる。流依がとっさに手の甲で拭《ぬぐ》う姿に、クリスティアーノは目を細めた。

「淋しい……か。とうに失ってしまったよ、そんな感情」

独り言のように呟く男に、流依は「え……」と顔をあげた。一瞬、やるせなさそうに細められた彼の目と視線が合う。

「失ったって……どうして」

問いかけると、何でもないといった様子で口元に冷笑を浮かべ、クリスティアーノは手にしていた黒い闘牛士用の帽子をポンと流依の頭に乗せた。

「俺はいい。今日でやめる。代わりに、おまえがなればいい、闘牛士に」

「俺がって……」

「おまえ、オヤジの再婚相手の息子の……流依だろう?」

「そうだけど……」

「おまえがオヤジとやっていけ。喜ぶだろう、世界一のマタドールを育てるのはあいつの夢だからな。ああ、ついでに言うと俺の夢でもあったが」

「あんたの夢?」

クリスティアーノは少し淋しそうにほほえんだ。

「そう、俺も昔は世界一のマタドールを目指していた」

「じゃあ、今からでも目指せばいいじゃないか。一緒にやろうよ、俺、あんたを目標にがんばるから」

「無理だ」

「どうして」

「俺には魂がないって言ってるだろ」

「それって……死神だから？　でも俺には神に見えた。本当に眩しかったんだ。魂がないわけないよ。死神なんかじゃないって」

実際、神も死神も十歳の流依にはよくわからなかった。そもそもキリスト教徒でもないのだから。ただ何としても彼にやめないで欲しかったのでそんなふうに口にしていた。

「それはおまえの感想だ。それに実際のところ、俺はただの人間で、別に神でも死神でもない」

「だけど……評論家たちが」

「あいつらだって、俺自身が死神だと言ってるんじゃない。俺の闘牛が死神のもののように見えている、つまり神のものではなく、死神のもののように冷たく、ぞっとするような内容だと言っているだけだ」

「何のことか全然わかんないよ、そんなふうに言われても。俺には神に見えたのに……他の人にはどうして死神のものに見えるかもさっぱり」

「なら、答えがわかったときに教えてくれ」

「え……」

「いや、わからなくてもいい。俺の闘牛のことはもういい。ただおまえが闘牛に対して感じたことを教えてくれ」

「俺が?」

「そうだ。マドリードでおまえが正闘牛士《マタドール》の承認式《コンフィルマシオン》をするときがいいだろう。ゲルニカの絵の前で」

「ゲルニカって?」

「ピカソの絵だ。マドリードにある。闘牛が果たして生か死か、善か悪か、神のものか死神のものなのか……おまえがどう感じているのかマタドールの承認をうけるときに」

彼がなにを言いたいのかまったく理解できなかった。

だいいちマタドールに昇格と言われても、まだ闘牛の世界に一歩も入っていないし、闘牛士になれるかもわからないのに。

しかしそのとき、クリスティアーノと交わした会話は強く流依の胸に刻まれた。

3

それから八年が過ぎた。

クリスティアーノが引退し、ホセのもとで代わりに流依《るい》がマタドールを目指してからの時間は早かった。

気がつけば、もう十八歳——あのころのクリスティアーノの年齢になっていた。

（でも……俺には、まださっぱりわかんないや。あのころ、あの男が言っていた言葉の意味がまったく）

ベッドに横たわったまま、なかなか起きる気になれず、ごろごろとしていると、一階から自分を呼ぶホセの声が聞こえてきた。

「——流依、いつまで寝てるんだ。早く起きろ、飯の時間だぞ！」

起きあがり、流依は窓の外を見た。

まだ朝の八時。それなのに東の空からは強烈な陽《ひ》が降り注いでいる。

「五月中旬だってのに……今日も暑くなりそうだな」

流依はベッドから下り、部屋についている洗面所へとむかった。

乾いた風が庭の花の香りを運んでくる。

窓の外に見えるのは、赤土が剝《む》きだしになった荒涼としたアンダルシア地方の山々。それから緑の草が植えられた広大な牧場。黒い牡牛《トロ》たちが放牧されている。

「おはよう」

キッチンに下りていくと、エスプレッソマシンのシューッという音とともに、濃厚なコーヒーの香りが漂ってきた。焼きたてのクロワッサン、生野菜のサラダ、生ハム、山羊《やぎ》のチーズ、それからフルーツとヨーグルト。

「さあ、早く食え。朝食のあとは朝練だ」

椅子《いす》に座り、ホセが流依のグラスに搾《しぼ》りたての生オレンジのジュースをトクトクと注いでくれる。瑞々《みずみず》しいオレンジの香りがとても心地いい。

少しくせのある焦げ茶色の前髪を綺麗に整えてあげ、白いシャツに茶色のチノパン、それから大きなブランドものの腕時計をつけた姿は、典型的なスペインの中年男性といったところだ。

「ありがとう」

口に含むと、果肉が沈殿したままの生オレンジのさわやかな味が広がる。

「明日の闘牛にそなえて今日の練習では無理するなよ。あとでマッサージをして、筋肉の状態を確かめよう」

「そうだな」

いつもの朝、いつもの会話。

この八年の間に、流依は闘牛士としてデビューし、ホセは牧場経営と同時に、マネージメントの仕事をしてくれている。

八年前のあの日、義兄のクリスティアーノは宣言通り、マタドールを引退した。

『悪いが、俺には闘牛士としての魂がない。だからおまえがオヤジとやっていけ。喜ぶだろう、世界一のマタドールを育てるのはあいつの夢だからな。ああ、ついでに言うと俺の夢でもあったが』

そう流依に言い残して。

流依は母の再婚後、セビーリャの闘牛学校に入学した。

一方、クリスティアーノは彼の実母のもとに行き、医学部に入学した。

その後は、まったく連絡はとっていない。引退の件でホセの怒りをかい、絶縁してしまったためだ。だが、クリスティアーノの存在は、あのときからずっと流依のなかに息づいている。

彼の闘牛をもっと見たかった……という飢餓感は、いつしか、彼のようになりたい、あんな闘牛がしたいという気持ちに変換され、流依はとり憑《つ》かれたように闘牛を続けた。いつかあの世界を自分が手に入れるという一念に背中を押され、彼との再会の日にむかって。

『マタドールに昇格したとき、ゲルニカの絵の前で』

そう約束したことがずっと人生の目標になっていたのだ。

闘牛学校を卒業したあと、流依は十五歳になる寸前で闘牛士としてデビューし、昨年の七月、十七歳のときに、正式に正闘牛士――マタドールに昇格した。

日本人の血を引いている流依が外国人への差別意識の激しいスペイン闘牛界でトントン拍子に出世できたのは、義父であるホセの存在あってのことだ。

リベラ家は何代にもわたって有名なマタドールを輩出している名門中の名門。さらには、由緒ある闘牛牧場のオーナーでもある。

義理とはいえ、そんな男性の息子として、流依は鳴り物入りでここまでやってくることができた。かつて母が言ったとおり、顔立ち、スタイルが闘牛士として理想的だったことも後押しになった。

そしてついに明日、スペイン一大きなマドリードのサン・イシドロ祭で、マタドールとしての承認式を受ける。

マタドールになるには、まず正式に見習い闘牛士《ノビジェロ》から正闘牛士に昇格したあと、次にマドリードで華々しく承認式をうけなければならない。さらにそうした大きな場所で地位にふさわしい闘牛をしてこそ、本物の正闘牛士になったといえるだろう。

(やっとマタドールの承認式を迎える。クリスティアーノと約束したときを)

この日をどれほど夢見てきただろう。

マドリードに着いたら、闘牛場に行く前に、流依は『ゲルニカ』のある美術館に行こうと思っていた。クリスティアーノは、きっとくる。約束どおり現れるはずだ。

あのとき、彼が投げかけた疑問。その答えはまだわからない。

(俺はまだ答えを見つけていない)

だからなにも伝えられないけど、明日の闘牛のチケットを渡そうと考えていた。

(本当は……母さんにプレゼントしたかった。承認式をうける俺を見たら、泣いて喜んだだろうな。その闘牛を母さんに捧《ささ》げられたら、どれだけよかっただろう)

流依はチェストに飾られた母の写真に視線をむけた。ホセと再婚したときの、幸せそうなウェディングドレス姿の母。隣には、八年前、二人で闘牛場の前で撮った写真。

彼女は、流依が新人闘牛士としてデビューし、大きな闘牛場で活躍するようになった姿を見て安心したのか、三年前に胃ガンで亡くなった。

今、リベラ家には、ホセと流依と使用人だけが暮らしている。ホセとは血のつながらない義理の親子ではあるが、「闘牛」という絆《きずな》で結ばれているせいか、流依は本当の父親のように思っている。いや、もしかすると実の親以上の存在かもしれない。

「さあ、流依、練習に行ってこい。陽射しがきつい。くれぐれも無理はするな」

「ああ」

まずは近くの川沿いを十キロランニングする。

それから武道道場に行き、一時間ほど合気道と剣道の稽古をして、牧場にもどって柔軟をしたあと、実際の牛を使って模擬闘牛をする。

上半身は裸になり、地面に刻まれる自分のシルエットで筋肉の動きを確認しながら。

『闘牛は、善か悪か』

実際に闘牛士になり、牛を殺すようになってから、その言葉がリアルな実感を伴って頭をよぎるようになった。

けれど考える余裕はなかった。

これまでの流依は、彼と同じように十七歳で正闘牛士の承認を受けるため、ひたすら上にむかって突き進むことに必死になってきた。

そんなときに生死の意味や闘牛の善悪について考えてしまうと、前に進めなくなってしまう。だから見ないようにしてきた気もする。だいたいあのときの彼にわからなかったことが、同じ十八歳の、しかも彼よりもずっと頭の悪い自分にわかるわけがないのだ。

再会したとき、流依こそ彼に訊《き》きたい。答えは見つかったのか——と。


翌日、ホセとともにセビーリャを朝早く車で出発し、流依はマドリードへとむかった。荒涼とした風景が広がるなか、国道を数時間進めばマドリードに到着する。

そこでクリスティアーノと再会できるかもしれない。

そう考えただけで、昨夜、なかなか寝付くことができず、今日はどうにも身体がだるかった。こんなことではいけないのだが、八年間、ずっと心の支えにしていた相手と会えるかもしれないと思うとどうしても興奮してしまうものだ。

「流依……そういや、おまえ、ガールフレンドはいないのか?」

車を運転しながら、ふと思い出したようにホセが問いかけてきた。

「あ、うん……まったく」

めずらしい質問をしてくる。

「男からも女からもモテるだろうに……誰ともつきあったことがないままなのか?」

「当然だろ。あんたがそう言って育てたんじゃないか、一流になるまで恋愛に溺《おぼ》れるなって。

そんなことをしたら身の破滅を呼ぶって。だから俺は今日までマジメに……」

「そうだった。おまえ……信じられないほどかわいいから心配で。まさかこんなにもマジメな男だと思わなかったから」

「闘牛士の転落コース——恋愛、金、酒に溺れるな……だろ。わかってる。だからどれにも溺れてない」

ホセから『恋愛は慎重に』『恋に溺れるな』と口癖のように言われてきたというのもあるが、実はクリスティアーノが忘れられなかったというのもある。

彼は流依の初恋だった。

同性の、一度しか会ったことのない義兄にそんな想《おも》いを抱くなんてどうかしていると思う。もしかすると、ただ闘牛士として憧れていただけかもしれないのだが、今日まで寝ても覚めても彼のことばかり考えてきた。

「じゃあ、当然、セックスもしたことがないんだな?」

当たり前だろう、と返事をすると、ホセはやれやれと呆《あき》れたように笑い、流依の髪をくしゃくしゃと撫《な》でた。

「ちょっ……義父《とう》さん義父さん、ちゃんと運転しろよ」

「いや、何てかわいいやつだと思って。俺の言うとおり……何もしてこなかったのか」

「何だよ、するなって言ったからしなかったのに、何で今さら」

「おまえ、かわいすぎるぞ」

「ふざけてるの？」

「いやいや、ひたすらかわいいと思って。ただマジメなのはうれしいが、少しはハメをはずさないと。普通のスペインのガキなら、親がどれだけ反対しても、こっそり陰で女とやりまくってるぞ。十二、三歳から、すでに盛《さか》りだして」

「俺はいいんだ、恋愛に興味がないから」

さらりと流依が返すと、ホセは大きくため息をついた。

「どうしたの、俺……恋愛したほうがよかったの？」

「さあな、どっちがいいのかはわからないがただ……そのせいなのかもしれないと思ってな、おまえの闘牛に……ちょっと足りない印象を受けるのは」

足りない印象？

流依はホセの横顔を見た。

「どういうことだよ。なにが足りないんだよ。俺、誰よりも美しい闘牛をするって評価されてる。勇敢とも。一度も牛の角にやられて怪我をしたこともないし、技術は完璧だし、牛の動きを読むのも得意だ」

なのに、なにが足りないというのか。

「クリスティアーノの真似《まね》をしてきたのはわかっている。昔のあいつにそっくりだ。端正で上品で、冷ややかで、知的で美しい。だがあれはあいつの個性であって、おまえの個性じゃない」

「でも俺……今日までがんばって」

「そうだ、がんばっている。あの不肖の息子の代わりに活躍してくれて嬉《うれ》しいよ」

「じゃあ、どうして」

「だがおまえはあいつとは違う。あいつみたいに根性がひん曲がってるわけでもないし、性格も歪《ゆが》んでないし、俺をバカにもしないし……一生懸命でいじらしくて、くそまじめで……そんなところがかわいくてかわいくてしょうがないし、もっと大きなマタドールに成長させたいよ」

「義父さん……」

「だから、そろそろあいつの真似をするのはやめろ。根本的に中身が違うんだ」

「じゃあ、俺は義父さんにとってクリスティアーノの代わりにはなってないの？」

「息子の代わりなら、充分過ぎるくらいなってくれている。今ではあいつ以上の大切な息子だ。だからこそ、おまえにはおまえに合った闘牛をやって欲しい。もっとおまえらしいものを」

俺らしいもの――――いきなりそう言われてもわからない。

「おまえは……もっと自分の内側を見つめるんだ。クリスティアーノの背中ではなく」

確かに自分のやっていることは、彼の真似事だ。

新人の間はそれでも許されるだろう。

だが、もう新人ではない。正闘牛士として承認されたあとは、他人の真似事をしていては一流にはなれない。ホセが案じているのはそのことだろう。

「恋愛したほうがいいの？　溺れるなって言ってきたのに」

流依は問いかけた。

「人によりけりだ。おまえには、そのほうがいいかもしれん」

「どうして」

「恋愛の激情を経験してみろ。他人が好きで好きでたまらない狂おしさ。その熱、そこから迸《ほとばし》る色気……おまえ自身の魂の燦《きら》めきのようなものが見たい」

流依は窓に肘《ひじ》をつき、外に視線をむけた。

好きで好きでたまらない……か。

それならクリスティアーノだ。部屋には、彼が闘牛をしているときの美しいポスター。彼の動画もどれほど見たことか。思春期になったあと、身体に妖しい疼《うず》きを感じるときは……彼のポスターを前に自慰に耽《ふけ》っている。

（だから……早く再会したい。約束した言葉の答えはわかっていないけど）

とうに闘牛士を引退した男。今では医師になっている。

きっともう昔ほど美しくないだろう。

二十六歳になった今、彼の容姿は昔とは別物になっているはずだ。

闘牛をしていないのだから、身体のラインだってまったく違うと思う。

変化してしまった彼と再会したら、きっとはっきりと理解できるはずだから。

もう自分の恋した闘牛士はいない、と。

それを望んでいるのか望んでいないのか。わからないまま、約束の時をむかえようとしている。

「流依、おまえは部屋で休んでろ」

「あ、うん」

ホテルに到着し、流依はスタッフに荷物を渡したあと、部屋に行くのをやめ、出口にむかった。裏口から外に出ようとすると、ホセが誰かに声をかけられているところに出くわした。

「おい、ホセ、おまえんとこの流依も、いよいよ承認式だな。東洋の血をひいているみたいだが、スタイルも顔もよくて、これから一気に人気がでるぞ」

「ありがとう、俺もそう思うよ」

「クリスティアーノは引退したが、あんないい息子の親になれるなんて、おまえは果報者だぞ」

「ああ、あいつには救われたよ。クリスティアーノが引退したときは世界が終わったかのようなショックを受けたが、あいつのおかげで一気に天国に引き上げてもらえて」

「これからが楽しみだな。今はまだクリスティアーノに似たストイックな闘牛士を演じてるって感じだが」

「これからが正念場だ。あいつが自分の良さに気づいてくれたら」

「流依はいい闘牛士になるぞ。そこにいるだけで美しい。存在だけで神々《こうごう》しいほどだ。あとは個性と色香が加われば最強だな」

「そうなったら闘牛の歴史を変えるだろう。あいつにはそれだけの資質がある。あいつは俺の生きがいだから」

大げさに誉《ほ》められている気もするが、生きがいと言われて嬉しくないわけがない。

母が亡くなって、スペインで独りぼっちになった流依には、ホセが唯一の家族だ。

(俺が闘牛の歴史を変えるって？　本当にそんな資質があるのだろうか)

わからないけれど、それが事実なら、そうありたいと思う。そのためにもやはりクリスティアーノに再会したい。

まだあのときの答えはわかっていない。闘牛士としての魂——愛も情熱も狂気もひっくるめたもの。その切ない想いも。生と死も、善も悪も、神か死神かも。

いつかわかる日がくるのだろうか。

そんなことを考えながら、流依はマドリードの街中に出た。

大通りにある噴水、優雅な公園、それから公園を背景に立つプラド美術館を五月の明るい陽射しがきらきらと煌《きら》めかせている。

流依がむかったのはプラド美術館の近くに建ったソフィア王妃芸術センターだった。

そこにピカソの『ゲルニカ』がある。

（何で……あのとき、クリスティアーノはあんなことを言ったんだろう）

その後、彼とは音信不通だ。医師になったという話は耳にしたことがあるが、それ以上のことはよく知らない。ホセが知りたがらないのだ。

『もうあんなやつは息子じゃない、裏切りものだ』と言って。

（でも……本当は……ホセはクリスティアーノに会いたがっている。闘牛という絆がなくても、彼らは実の親子なんだから）

きっと息子が会いにくれば、情に脆《もろ》いホセのことだ、受け入れるだろう。

そのことも伝えてみよう。

マドリードからアンダルシアに行く玄関口アトーチャ駅のむかいにある王立ソフィア王妃芸術センター。緑の芝生の生えた敷地に大勢の観光客が集まっている。

流れに沿って、センターに入ると、薄暗い空間に大きな人だかりができていた。

大勢の来館者たちのがやがやとした喧噪《けんそう》。人の波に流されながら進んでいくと、淡い裸電球に照らされた壁から、すぅっと巨大な絵が浮きあがって見えた。

あたりが静かになるような錯覚を抱きながら、流依はその壁画を見つめた。

（これが『ゲルニカ』……か）

ナチスドイツの無差別大量殺人の悲劇を描いた反戦を訴える壁画と言われている。炸裂《さくれつ》する光、苦悶《くもん》に倒れる人々、子供を抱いて泣き叫ぶ母親……戦争時の阿鼻叫喚《あびきょうかん》地獄が白と黒と灰色だけの色彩で描かれていた。

確かに爆撃のすさまじさがあふれてくるような絵だった。

この絵に関しては変わった説を本で読んだことがある。ピカソがこの絵を描いているときに愛人二人がケンカし、勝った方とつきあうと言ったとも。炸裂している光は、激しい口論。馬や牛がのたうっている姿はケンカをしている女性二人にも見えなくない。

「あれがクリスティアーノの言っていた牛か。馬もあんなところに……」

天をむいて嘶《いなな》いているような馬と、鋭利な目をしている牛の姿。

金縛りにあったように目が離せず、流依は絵の左端のあたりに釘付《くぎづ》けになっていた。そのときである。

「答えがわかったのか」

ふいに背後の男が囁《ささや》きかけてきた。ふわっと消毒薬の香りが鼻腔《びこう》に触れる。

「……っ」

まさか。鼓動が一気に高鳴る。

「今、見ている牛と馬……。どちらが善で、どちらが悪か……わかったのか?」

低く、深みのある声。

はっとして振り仰ぐと、流依よりもやや長身の、端整な風貌の男がこちらを見下ろしていた。

さらりとした金髪。昔よりも髪が少し長くなって、後ろで束ねている。

濃紺の眸《ひとみ》。彫りの深い目鼻立ちに、怜悧《れいり》そうな眼差《まなざ》し。

「……クリスティアーノ……」

「この牛と馬に対して……二説あるのは知っているか」

流依の肩に手をかけ、耳元でクリスティアーノが囁く。再会の挨拶もなく、いきなり八年の歳月をひとっ飛びしたような彼の態度に面食らいながらも、流依も普通に問いかけていた。

「二説ってなに?」

「一説が牛は野蛮の象徴で、馬が犠牲になった民衆だというもの。つまり牛が悪で、馬は悪による被害者だ」

「あ、ああ、なるほど」

と、うなずいているものの、まともに流依の耳には入ってこない。

それよりも彼との再会のほうに胸が高鳴ってしまって。

「あともう一つの説は、牛が善の象徴。つまり民衆で、馬が悪の反乱分子という意見だ」

「善か悪か……どっちにでも解釈できるってことか」

流依はそこに描かれている牛を喰《く》いいるように見つめた。

ここに描かれている牛は、果たして民衆の強い意志を表しているのか、黄泉《よみ》の国から現れた死神なのか。

「どっちが真実なの?」

流依は顔をあげ、クリスティアーノに問いかけた。

「答えがわからないのか? マタドールに昇格したのに」

「今、考えているところだよ。作者のピカソはどう解釈して描いたの?」

「さあ」

「さあって……」

「ピカソは何の説明も加えていない。だから見た者が勝手に想像することしかできないんだ」

「じゃあ……どうしてあんな質問をしてきたんだよ」

「善悪の答えが欲しかった」

「あんたにわからないのに、俺にわかるわけないだろう」

「じゃあ、質問を変えよう。闘牛をしていて、どう感じた? 自分が殺すことは善なのか悪なのか……どう思った?」

鋭い質問に胸を抉《えぐ》られるように感じた。

「それは……」

流依は口ごもった。

「答えられないのか？」

「教えてよ。あんたは、悪だと思ったから闘牛をやめたの？」

「そんな理由じゃない」

クリスティアーノはかぶりを振った。

「じゃあどうして」

「言っただろ、魂がないからだと。闘牛士としての魂がない」

「俺だってわかんないよ、自分のなかにそんなものがあるかどうかなんて。だけどやめてない、ずっと続けている」

クリスティアーノはしばらく流依を見たあと、前に出すように肩を押した。

「なら早くホテルに戻るんだ」

「え……」

「マタドールとして初のサン・イシドロ祭に出るのだろう。そこで答えを探してこい」

「でも」

「闘牛のあと、答えを聞きにおまえのホテルに行く。俺が使っていたのと同じところだろう？」

「ああ、でも……闘牛場にはこないの？」

「満員御礼だろ。チケットがない」

「チケットならある。再会したら渡そうと思って用意していたんだ。下でお茶を飲みたいから、つきあって」

「時間は大丈夫なのか？」

「三十分くらいなら。このあと、飲まず食わずになるんだ。ここで最後の水分を補給しておきたい」

闘牛士は、闘牛に出る前、胃のなかに固形物を入れない。

なにか事故があり、手術をすることになったとき、困るからだ。着替えをしてしまうとトイレに行くことも無理なので、午後二時以降は水分もとらないことにしていた。

「これ、チケット」

カフェスタンドのカウンターに行き、流依はポケットから招待券をとりだした。

招待券――どこにでも好きな場所に座っていいと記されたチケット。

満員の日にどこに座れるかはわからないが、クリスティアーノなら関係者席にでもどこにでも座れるだろう。

「マタドールの承認式か。思い出す。俺もちょうど八年前の五月十五日にやったよ」

カウンターに肘をつき、クリスティアーノは流依からもらった招待券をいちべつした。

「俺は……あんたの闘牛士人生を辿っているようだと……ホセが言ってたよ」

「違う、おまえは俺とは違う」

肘をついた手で前髪をかきあげ、クリスティアーノは目を細めた。

「確かにデビューの年齢、承認式の年齢は殆《ほとん》ど同じだが、まったく別物だ、俺の辿ってきた人生とおまえの人生は」

「わかってるよ」

同じようなことをホセにも言われた。

クリスティアーノと自分は違う。彼に憧れるのはいいが、マタドールに昇格し、一流を目指すのであれば、彼の闘牛スタイルを真似るのをやめたほうがいいと。

「ただ……俺はずっとあの日の闘牛が忘れられなくて。初めて見たとき、あんたの闘牛に恋をして……」

だがこうして間近で改めて見ると、八年前の彼とはどこか違うように感じた。

シャープで切れ長の双眸《そうぼう》も、この世に怖い物などなさそうな不敵な面構えも、昔となにも変わらない。

ただ八年間、恋い焦がれて憧れ続けてきたせいか、自分のなかで作りあげてしまったイメージと、ここにいる彼に少し違和感をおぼえるのだ。

全身からにじみでる、ひんやりとした空気。綺麗に整えられた金髪、濃紺色の眸。闘牛士時代は野性味を帯びた肌の色をしていたが、今は普通の肌の色だ。

背は、流依自身が成長してしまったせいか、以前のような高さは感じない。

尤《もっと》も、それでも流依より十センチは長身なのだが。

綺麗に整った役者のような美しさと、誰をも寄せ付けない孤独そうな雰囲気。時折、ふっと漂ってくる薬品の香り。それがこの男からにじむ静けさを助長させ、以前にはなかった大人の男のストイックな色香を醸《かも》しだすようになっていた。

「皮肉なのか神の導きなのか、俺の最後の闘牛がおまえの心に刺さるとは」

「神の導きだよ、きっと」

でなければ、こんなにもこの男に惹《ひ》かれたりしない。たとえ母が勧《すす》めたとしても、自分から闘牛士になろうとは思わなかっただろうし、こんな人生を送ることにもならなかった。

この男の闘牛を見たときから自分の人生は大きく変わってしまったのだ。

「俺は、あのときからずっとあの日のあんたを求め続けて……」

「気持ちはありがたいが、今日をかぎりに忘れろ。おまえの内側から湧き出るようなものがないと、この先、一流にはなれない。なにより目が肥えているこの街の闘牛愛好家の目はごまかせない」

それもホセの言っていたことと同じだ。

一流――クリスティアーノはそこに上り詰める前に引退した。

自分は彼を超えてそこまで辿り着くつもりだ。そのためにも真似をしているだけでは駄目だ。

「わかってる。ごまかせないのは闘牛愛好家だけじゃない、あんたの目も……だろ?」

「当然だ、俺は本物だぞ。おまえがデビューしてからずっと見ている。どんな闘牛をしてきたか、だいたい把握している」

「俺を見てくれてたの?」

問いかけた流依の前髪に手を伸ばし、くしゃくしゃと撫でながら、クリスティアーノは視線を落とし、ふっと口元に笑みを刻んだ。

「ネットの動画でだが。生で見るのは今日が初めてだ」

「何で今日まで生で見なかったの?」

「見れば、会いたくなる。会うのはおまえがマタドールに、自分が正式な外科医になったときだと決めていた」

「クリスティアーノ……」

「さあ、そろそろ戻るんだ。そして俺に見せろ、おまえ自身の闘牛を」


「流依、どこに行ってたんだ、心配したじゃないか。携帯にも出ないし」

ホテルに戻ると、勝手に抜け出したことで、ホセから叱られそうになった。

「ごめん、義父さん、芸術センターで絵を見てきたんだ。ピカソのゲルニカ。今日の闘牛のために」

そう伝えると、ホセは苦笑した。

「いいだろう、今日はいい目をしている。闘う男の目だ。さっさと支度をしろ」

「ああ」

闘牛の前によけいなもめごとを起こしたくないので、クリスティアーノを招待したことは伝えなかった。

(八年ぶりの彼……昔の想いが冷めるかと思ったけど……そんなことはなかった)

午後六時――。満員御礼の札が貼《は》られ、マドリードのラス・ベンタス闘牛場には、大勢の観客で埋め尽くされた闘牛場特有の熱気があふれていた。

流依は腕に巻き付けていたケープを肩から斜めにかけた。そのとき、後ろからひとりの男が声をかけてきた。振りかえると、黒髪の闘牛士が立っていた。

「調子はどうだ」

サタナスという闘牛士だった。グラナダのジプシー出身で、今日、流依のマタドールへの承認式の立会人《パドリーノ》をしてくれる予定だ。

介添役《テスティーゴ》はユベールというフランス系の闘牛士。こちらはまだ入場口に現れていない。

「めずらしいな、緊張した顔をして」

「めずらしい？」

「ふだんは肝《きも》が据わっているじゃないか。飄々《ひょうひょう》として、無表情で」

確かに、そんなふうに言われている。

幼いとき、黒帯まで昇格した武道の精神が身体の奥底に流れていることもあって、どんな場面でも流依が緊張することはない。たとえ今日のような大きな闘牛祭でも。

「今日はクリスティアーノを招待した。だからいつになく緊張している」

「クリスティアーノ？　ああ、リベラか。医師になったと聞いたが……じゃあ、この客席のどこかにいるのか」

サタナスが黒い目を細め、待機場から客席を振り仰ぐ。

クリスティアーノ……。彼がどこかにいないか、流依は防壁の前に立ち、五階席までぎっしりと埋まった観客席を見まわした。

もしも客席にクリスティアーノを発見したら、彼に帽子を捧げただろうか。

始まる前にクリスティアーノの前に立ち、「この闘牛をあなたに捧げる」と言って。

いや、それはないだろう。それよりも、もし可能だったら母に捧げたと思う。

彼女は流依の活躍を楽しみにしていた。けれど彼女が息子の活躍を見ることはない。そう思うたび、喪失感を抱く。

ふいに胸を襲う行き場のない哀しみ。自分はスペインで独りぼっちなんだという孤独感を抱いたとき、流依は待機場にいるホセに視線をむけた。

いや、自分には義父がいる。独りぼっちではない。ここまで育ててくれた。

母の代わりに、そして自分はクリスティアーノの代わりに闘牛士になった。

自分がスペインで生きていくために、ここで生きていくことを選んだ。

誰かとつながっていくために。

やがてラッパの音とともにゲートが開き、入場行進を終えたあと、流依は正闘牛士への承認式を行った。

すでに昨年の段階で昇格はしているが、そのあと、マドリードでの承認式を行うのが伝統的な決まり事になっている。

ここで立会人の先輩マタドールから、剣を渡され、祝福を受けるのだ。

「流依、おめでとう」

サタナスから渡された剣を受けとり、祝福の抱擁《ほうよう》を受ける。

ぎっしりと会場を埋め尽くした観客席から大きな拍手が聞こえてくる。

本物の正闘牛士。もう新人ではない。

スペインで一番伝統のある闘牛場でついにデビューする。あちこちにテレビカメラが設置され、五階までぎっしりと埋まったこの観客席のどこかにクリスティアーノがいる。

(クリスティアーノ……)

彼の闘牛に魂を奪われ、憧れて憧れて憧れてここまできた。彼のようになりたいと思って。

でも今日から自分らしい闘牛を探していく。個性。彼の真似ではないもの。

この八年、彼の存在は生きる支えだった。あの日の彼の闘牛に恋をした。それを今度は自分らしい闘牛によって表現することができたら。

そう思ったとき、ポン、と流依の背中をホセが叩《たた》いた。

「さあ、行け、流依」

「ああ」

赤い布を手に闘牛場の中央へとむかう。

日陰から日向に踏みだしたとき、あまりの陽射しの強さに、流依は激しい立《た》ち眩《くら》みを感じた。アンダルシアとは違って、スペイン中部にあるマドリードなのに。まだ五月なのにこんなに暑くていいのか。

「……っ」

視界が蜃気楼《しんきろう》に包まれたようにゆらゆらと揺れている。

頭上には濃密なコバルトブルーの空が広がっている。じりじりと肌が灼《や》かれる痛みを感じながら、流依はめまいが通り過ぎるのを待とうとした。

けれど次の瞬間、目の前に巨大な黒い牡牛が突進してきた。

やられる——！

はっとした刹那《せつな》、反射的にかわそうとしたが、立ち眩みのせいで一瞬遅れてしまった。

ドンと重い衝撃が身体を襲う。大きな塊が身体にぶつかってそこから砕け散っていくような強い衝撃を感じた。

気がつけば、衝突の勢いで流依の身体は地面に叩きつけられていた。

「う……っ！」

胸に牛の角が刺さってしまったらしい。

上着の下に着ている、真っ白なブラウスが血で染まっていく。

手で傷口を押さえ、何とか立ちあがろうとしたが、そのとき、目の前を漆黒の大きな影に覆《おお》われる。再び、牡牛が流依にむかって突進してきたのだ。

「わあっ！」

闘牛場に人々の声が反響する。身体が一気に浮きあがっていく。

「きゃーっ‼」

闘牛場に響きわたる悲鳴。

流依の上着を牛の角が引っかけ、さらに身体が空中に舞いあがっていった。

なにが起こったのか――――。

牛の角に衣服が引っかかったまま、全身をくるくると振り回され、意識が遠のいていきそうになる。

ああ、もう自分は死ぬ。

闘牛士は、闘牛場で死ぬのが一番の名誉だ。

ましてや十八歳の若さで逝《い》ったら、確実にその死を惜しまれるだろう。

そんな思念がよぎった次の瞬間、死にたくないという強い想いが流依の内側に湧き起こった。

(いやだ、死にたくない。まだ死ねない、俺はまだなにもしていないじゃないか)

この仕事についた以上、いつ死んでもいいと覚悟して闘牛場に立っている。

だが、今はまだ死ねない。

まだホセに認められていない。クリスティアーノの真似から脱皮できていない。

まだ自分の闘牛をしていない。それを見つけることもしていない。

(だから死ねない、まだ死ねない、中途半端なまま死んでたまるか)

ようやくマタドールの承認式を受け、クリスティアーノとも再会し、なにもかもこれからだというのに。

「く……死んでたまるか」

必死に牛から逃れて立ちあがろうとする。だが牛の角に衣装が引っかかったまま、自分ではどうすることもできない。

ひたすら振り回されていくことしか。

視界が大きく揺れ、観客席に囲まれた夕空が見えた。

かすかに黄昏《たそがれ》の光をにじませたようなオレンジ混じりの紫色の夕暮れ時の空。

ああ、何て綺麗なんだろう。そう思ったとき、ふいに身体が宙に浮いた。衣装が破れ、牛の角に引っかかっていたところが外れたのだ。勢いのまま、はじけるように流依の身体が飛ばされる。やわらかな紫色の海をたゆたう感覚に包まれながら、流依は後ろむきに落ちていった。

「あうっ！」

地面に後頭部から叩きつけられ、身体が大きくバウンドする。そこになおも牛が角を突き出しながら走ってきた。

「ぐっ！」

「流依っ！」

流依を助けようと、ピンク色の布を手にサタナスやスタッフ、それにホセが駆け寄ってくる。だが牛が流依に覆《おお》い被《かぶ》さって身動きがとれない。身体を踏みつけにされている。スタッフが牛の角をつかんでその場から引き離そうとするが、なかなか動こうとしない。

「流依、こっちだ、早く！」

ホセが流依の上着を摑《つか》んで牛の下からひきずりだそうとする。

「く……っ」

ふらふらになり、額やあごから血を流している流依を、スタッフが担ぎ上げて医務室に連れて行こうとした。

「さあ、流依、早く医者に」

「いい、触るなっ！　触らないでくれ」

とっさに流依は自分を運びだそうとするスタッフの動きを制止した。

ほぼ無意識に、反射的に、本能的にとっていた行動だった。

「流依、だが怪我が……」

「くるなっ、大丈夫だ！」

絶対に逃げたくなかった。

クリスティアーノが観客席にいるのに、逃げてたまるか、自分の闘牛を見せていないのにここで負けたくない。

このまま終わりたくない。彼の前で無様な姿を見せたくないという強い思いが流依を突き動かしていた。

「俺は逃げない。牛に殺されたりしない。死んでたまるか。やらないと、俺の闘牛をやらないと！」

そう叫び、地面に落ちた赤い布を拾い直していた。

初めて闘牛を見たときの感動。あのあと、いろんな闘牛士の闘牛を見たが、クリスティアーノ以上の感動はなかった。

すべてを支配していた神のような闘牛。けれど一瞬で終わってしまった。美しくも儚《はかな》い一期一会の世界だった。その一瞬をもう一度手に入れたいと思って、彼の幻影を追うように必死にやってきた。でもそれは、所詮、彼の真似、自分の闘牛じゃないと言われた。

（じゃあ……俺の闘牛って？　そんなの、わからない、なにが俺の闘牛なのかなんて）

まだ何もわからない。わかるのは、八年前に見た感動、あの一瞬を手に入れたいという気持ちだけ。あれが欲しい。

あの感動、一瞬で消えた儚いもの。あれをこの手に摑むまでは死にたくない。負けたくない。逃げたくない。そうだ、そのためにやってきた。手に入れないと。

「見ててくれ、クリスティアーノ……俺は闘うから」

客席のどこにいるともわからない彼に独り言のように語りかけ、流依はムレータと剣をもって牛の前に立ちはだかった。

こめかみや額の傷のせいで、血が落ちて目のなかに流れこんでくる。上着は破れ、腿《もも》やひざからも血が流れていた。

そんななか、ホセの叫び声が耳に飛びこんできた。

「流依、もうやめろ、死ぬぞ！　おまえを喪《うしな》いたくない。早くこっちへ！」

「いやだ、俺は闘う」

全身に痛みを感じながらも、流依は吐き捨てた。

どんなときも逃げない。

そんな強い衝動が湧いてきた。

真正面から黒い牛を見つめていると、不思議と気持ちが落ち着いてくる。

昔、武道をやっていたときに学んだ明鏡止水《めいきょうしすい》の感覚に似ていた。

あたりはさわさわと土を撫でる風の音だけの空間へと変化していく。

どうしたのだろう、ひどく静かだ。空気が冴《さ》え渡った心地よい静けさだった。

闘牛場にいて、こんなにシンとした空気を感じるのは初めてかもしれない。

空気に涼しさが加わって、ゆるやかに夕暮れの訪れを教えてくれる。

それでも空は明るいままだ。

今の季節、スペインではすぐに暗くなることはない。

いつまでもぼんやりとした夕焼けの空が広がっている。

だから町は夜になっても騒がしい。闘牛場にいても、外の車のクラクションの音や救急車の音、ヘリコプターの音等々、いろんなものが聞こえてくる。

けれど今日は何の音も聞こえない。いつしか風の音も消えてしまった。

牡牛の前に立ったまま、じっと息を凝らしていると、地面を震動させるような重々しい音を感じた。

牡牛がこちらに突進してくる音だ。

その音に導かれるように流依は剣を持つ手に力を加えた。

「――っ！」

一突きで牡牛が絶命する。

どさり、と地響きを立てながらアレーナに牡牛が倒れこむと、観客席が喝采《かっさい》でどよめく。

一瞬で、それまで聞こえてこなかった音が耳に飛びこんできた。

ああ、あまりに集中していたので、音が聞こえなかったのだ。喝采を浴びながら流依は待機場にむかった。

あれほどあった痛みも不思議なほど感じない。血は流れ、あちこち打ったのに、どういうことなのだろう。しかし待機場にもどると、力が尽きたように膝から倒れこんでしまった。

「……っ」

どくどくと首筋から血が流れ落ちていることに初めて気づいた。刺された傷から大量に血が流れていたのだ。

「駄目だ……こんなに出血したら」

誰かの声が聞こえ、もう自分はこのまま死ぬのだと思ったそのとき、名前を呼ぶ声が聞こえた。

「流依っ、しっかりしろ！」

低く硬質な声。聞き覚えのある愛《いと》しい声だった。

「流依っ、流依っ」

ホセが走ってこようとするのを、長身の男がさえぎる。

静かに歩み寄ってくる男。

今にも死にそうになっているのに、妙にその男の顔だけははっきりと見えた。

さらりとした長めの前髪が絹糸のように美しい金髪。ひんやりとした極北の海のような濃紺の双眸。まったく人間らしさを感じさせない、どこか機械的で硬質な空気がにじんでいた。

「……大丈夫だ、まだ生きている」

膝をつき、クリスティアーノは流依の首筋になにか布のようなものを当てた。

「ん……っ」

まぶたにかかる影。首筋の血を止血したあと、ひんやりとした氷のように冷たい手がほおやこめかみに触れる。その手がすぅっと顔の汚れをぬぐっていく。

「俺が誰かわかるか?」

わかる。クリスティアーノだ。ちゃんと闘牛場にきてくれていたんだ、ありがとう、そう言いたいのに、なにも言えない。

喉の奥に、湿った塩の塊でも詰めこまれたような重みを感じる。

いや、喉だけではない、どこも痛くはないのに、全身がひどく重い。

クリスティアーノはふっと口の端を歪めて嗤《わら》った。

「重傷だ、バカ野郎、死ぬところだぞ」

深くため息をつき、クリスティアーノが流依の身体を抱きあげようとする。

「すぐに手術だ」

「クリスティアーノ、このバカ息子が。いきなり現れて。おい、流依に触るな！　すぐに医務室に」

ホセがクリスティアーノの腕を止める。

「俺に診せろ」

「こいつは……別の医師に。医務室で闘牛専門の医師が待機している、おまえなんかよりもずっと優秀な……」

「話はあとで聞く。俺に任せろ」

クリスティアーノは流依を抱きあげ、医務室へと足を進めた。

「まだだ、死ぬな、まだあの程度の闘牛では、スペインの英雄になんてなれないぞ」

冷たい囁きが耳に響く。

やはりこの男は死神だろうか。この男を招待したから自分は死ぬのだろうか。

彼の不吉さを孕《はら》んだような冷ややかな雰囲気に、ふとそんな埒《らち》もない思考が頭を駆けめぐり、流依は弱々しく苦笑した。

「やっぱり……あんたは死神なのか……」

「では、俺の腕のなかで逝くか？　すぐ本物の死神に手渡してやるぞ」

「っ……いやだ……まだ死にたくない……まだ……まだいやだ」

「なら、俺に命をあずけろ」

「……死神のあんたに？」

「助けてやる。まだおまえを本物の死神には手渡さない」

違う。この男は死神ではない。助けてくれると言っている。

（そうだ……この男は医者だから）

混濁する意識のなかでそんなふうに思っていると、ホセの声がうっすらと聞こえてきた。

「駄目だ、こんな男、信頼するんじゃない。おまえの義兄でも何でもないんだからな」

「オヤジはだまってろ。俺は流依に訊いているんだ。どうする、流依」

真摯《しんし》な声。大好きな人。闘牛士としてではなく、今度は医師として自分の人生を導いてくれるのか。

「わかった……あんたに……あずける……俺の命を」

「すぐに助けてやる。有事に備え、必要なものはすべて用意してきている。今から医務室でオペをする。待機している医師たちにも手伝ってもらうつもりだ」

「クリスティアーノ……」

「助けてやる。なにがあっても。俺の未来と、これからの医師としての人生を捧げるつもりで。だから交換だ、おまえも俺に」

俺に――――？

「交換て……なに……を」

「おまえを……」

その言葉はどういう意味なのか。

淡い紫色の空がゆったりと夜の闇に包まれていくなか、星のまたたきが見える。

綺麗だ、星降るスペインの空。何としても生きたい。そう思った。あの星のまたたきのような、一瞬の時間の美しさ、一瞬の感動を、今度は自分の闘牛のなかでつかみたい。かつてクリスティアーノのなかに見た感動を。その一瞬の光を。だから生きなければ。

静かに暗くなっていく空を見ながら、流依は彼の腕のなかで意識を失っていた。

4

ピ、ピ、ピ……と耳元に聞こえる電子音。
流依《るい》はベッドのなかでうっすらと目を覚ました。

(身体が重い……まだあちこち痛む)

数日前、闘牛場で瀕死《ひんし》の重傷を負った流依は、クリスティアーノの救命処置のおかげで一命をとりとめた。

闘牛場内にある医療施設でオペを受けたあと、近くの総合医療センターに運ばれたが、二日間は意識がもうろうとしたままの状態だった。

『退院までは三週間。十日間は絶対安静ですからね』

看護師にそう言われたが、流依は今日から一週間後に、もう一度、マドリードで闘牛をやる予定が入っていた。

刻一刻とその日が迫っている。

何とかそれまでに退院できるように回復させたいのだが、流依の腕には点滴が打たれた状態で、身体のあちこちは包帯でぐるぐるに巻かれたままだ。

「どうだ、調子は……」

焦りながら外を見ていると、白衣を身につけた長身の男が現れる。

命の恩人――義兄のクリスティアーノだった。闘牛士だったときも夢のように綺麗《きれい》だったが、この男には白衣のほうが合っていると思った。

太陽の光よりも、病院内の無機質な光。闘牛場の熱気よりも、オペ室の冷気。そしてきらきらとした装飾のついた華やかな衣装よりも真っ白な白衣。今のほうがずっと彼に合っている。

「あの……俺……あんたに頼みが」

「その前に診察だ。点滴に気をつけながら起きあがって」

流依を座らせ、クリスティアーノが衣服を脱がしていく。

「痩《や》せ過ぎだな。骨格も華奢《きゃしゃ》だ。モデルのように綺麗な体型だが、もう少し筋肉をつけたほうがいいだろう。明日からは歩く練習もしろ。筋力を低下させないためにも」

クリスティアーノの骨ばった指先が鎖骨に触れ、胸元に触れる。

それだけで身体の芯がじわっと疼《うず》くのはどうしてだろう。

皮膚に熱がこもっていくようだ。ざわざわと血が騒ぎだすかのように。大怪我をして、今にも死にそうだったのに、なぜか肌が火照《ほて》っていく。

(どうしたんだろう……俺。何でこんなふうになるんだろう)

乳首のすぐ下の傷跡をクリスティアーノの指がゆっくりとなぞっていく。

そっと皮膚に触れる彼の指先、ふわりと肌を撫でる吐息。そして消毒薬の匂い。それを嗅《か》いだだけでどくどくと鼓動が脈打ってしまう。そんなこちらの様子が伝わったのか、流依の肩にシャツをかけてきたクリスティアーノが、顔を近づけたかと思うと、唇をふさがれていた。

「……っ!」

なにをされているかわからず、流依は目を見ひらいた。

「じっとしてろ、点滴の針が抜ける」

「ん……」

狂おしげに唇を吸われ、音を立てながら甘くついばまれていく。

ふだんの自分なら、心臓が跳ねあがるほど驚いただろう。

なにせ恋愛経験ゼロ、まともに誰かとキスをしたこともないのだから。

けれどそこから命を吹き込んでくれているような気がして、そのくちづけが心地よかった。

それなのに唇を離すと、彼の口から出てきたのは流依をがっかりさせるような言葉だった。

「残念だが、次の闘牛は諦《あきら》めろ」

こちらの考えがわかるのか、クリスティアーノは突き放すように言った。

「俺の頼みが何なのか、気づいていたの?」

「一週間後の闘牛に出たいから、それまでに退院したいと言いたいんだろう?」

「当然だ。せっかくのチャンスなのに。それにまだ俺はマドリードで何の結果も残していない。このまま終われない」

「焦るな、あれだけ派手な命がけの闘牛をやったんだ、観客の心には残っている」

「あんなんじゃ駄目だ。命にかかわる怪我をしたから、いいってもんじゃない。そんな闘牛がしたくてあそこに立ったんじゃない」

「無理だ。傷口がひらく。……今度こそ死ぬぞ」

空《から》になった点滴パックに気づき、クリスティアーノは流依の腕から針を抜くと、そこにガーゼを貼った。

「なあ、頼む、一週間後に……」

「断る」

ぴしゃりと言葉を遮《さえぎ》られる。流依のあごをとらえ、クリスティアーノは忌々《いまいま》しそうに目を眇《すが》めて睨《にら》みつけてきた。

「無理なものは無理だ。退院など認められない。一週間後にあの世に逝かれたら、わざわざおまえを助けた意味がなくなる」

「でも俺は退院したいんだ、どうか」

「どれだけの思いで助けたと思ってるんだ。どれだけの技術と労力を費やしたかわかっているのか」

すごみのある硬質な声に、流依は、え……と眉をよせた。

「おまえは覚えていないかもしれないが、持てうるかぎりの技術を駆使し、全神経を集中させ、何時間もかけ、それこそ命がけで助けてやった」

いつのまにか彼の手は、流依のあごから首もとに落ち、パジャマの襟《えり》を摑《つか》んでいた。

「それに、俺はおまえを助けるため、あの日、予定していた飛行機に乗らなかった」

「え……」

彼はどこかに行くつもりだったのか？　初耳だった。

「南フランスにある最高の高度医療センター、そこから、救命医にならないかと誘いがきていた」

「そこで働く予定だったの？」

「悪くない話だと思っていた。世界中の医師が憧れる医療センターだ。医療技術、名声、社会的地位、そしてやりがい、すべてが手に入れられる」

「俺のためにそれを捨てたの？」

「別に恩を着せる気はない。俺の意思でおまえの医療スタッフに加わったのだから。ただ、そうは言っても、せっかくこの手でつなぎとめた命をたやすく散らされてはたまったものじゃない」

「わかるよ、俺だって、せっかく助かったのにすぐに死ぬつもりはないから」

「なら、もっと大事にしろ。俺に助けられた喜びと誇りを感じろ」

「もちろん喜んでる。感謝もしてる。でもあんただって闘牛士だったんだからわかるだろう。どんなときでも逃げたくないって」

流依のその言葉にクリスティアーノは何の返事もしなかった。

すがるように白衣を掴み、流依は必死に言葉を続けた。

「この街で成功したい。次の大会に出場できないのなら、助けてもらった意味がない。とにかく一週間で俺の身体を治すんだ。俺に闘牛をさせてくれないと言うなら、違う医師に頼むぞ」

流依はきっぱりと言って、クリスティアーノを睨みつけた。

「やっと目覚めたようだな」

恍惚《こうこつ》とした様子で目を細め、クリスティアーノが笑みを見せる。

「目覚めた……だと？」

「ああ、そうだ、やっと目覚めたようだ」

「わけのわからないことを。それよりも約束してくれ、退院させるって」

流依が強い口調で言うと、クスクスとクリスティアーノは嬉しそうに笑った。

「何だよ、なにがおかしいんだ。俺は本気で頼んでるのに」

「いいよ、そういうのは実にいい。そういうバカなことを言う闘牛士が俺は大好きなんだ。愛おしくてどうしようもなくなる。負けず嫌いのバカ。それがおまえの本質だ！」

さっきまでの冷徹さとは違う。今度は楽しげにこちらの反応を確かめている。

「っ……ふざけてるのか」

「本気だ。本気で愛しく思っている。闘牛士はそうでないと。愚かで、無教養で、考えなしのバカでないと」

愛しいと言われながらも、どうもめちゃくちゃバカにされているように感じるのは気のせいだろうか。

そういえば、ホセがよく口にしていた。

この男は、実に意地悪で、根性がひん曲がっていて、歪《ゆが》んだ性格をしている、と。

ストイックでかっこいい闘牛をしていたし、死神のようだと形容されていたから、人間味のない、完全無欠なタイプだと勝手に思いこんでいたが。

「だから俺のように知性がある人間には無理だ。真の闘牛士になれない」

「ふざけたことばかり。悪かったな、どうせバカだよ、俺は」

「それでいいんだ。バカで気が強く一途《いちず》で、淋《さみ》しい男しか闘牛士にはなれない。そして俺は……そういう男しか愛せない」

「愛せないって？」

「そう、愛せないんだ」

クリスティアーノはけだるげに前髪をかきあげると、さも残念そうに肩をすくめた。

「おまえがどうしようもなく愛しい。俺のものになれ」

尊大な命令口調に、一瞬ムカつきそうになりながらも、自分を見る祈るような目に流依は息を詰めた。

「助けてやる。いつでもどんなときでもなにがあっても助けられるかぎり助けてやる。だから俺のものになるか？」

鼓動が高鳴る。

どんなときでも助けると約束してもらったことに対してか、彼のものにしたいと言われていることに対してか。前者は、きっと闘牛士ルイ・リベラ・アサギとしての自分。後者は、きっと、淋しがりで不器用な、ただの浅木《あさぎ》流依。

「俺が……欲しいの？」

問いかけると、クリスティアーノは自嘲《じちょう》するように微笑した。

「そうだ」

その声に心が震える。どういうわけか泣いてしまいたくなる。

「どうしてわざわざ俺なんかを……あんた、ゲイだっけ？」

心とは真逆に、突っ張ったような態度で問いかけることしかできない。

これまでにもう少し恋愛をしておけばよかった。

こういうとき、何で素直に笑顔で喜べないのか。かわいらしい態度で「俺も大好き」とどうして口にできないのだろう。

「別にゲイというわけではない。ただ惚《ほ》れてしまうのは闘牛士だけだ」

白衣のポケットに手をつっこみ、クリスティアーノは肩をすくめた。

「え……」

「この八年、闘牛士《マタドール》を目指してがんばっているおまえの姿……その成長を楽しみにしていた。だがあの一瞬までは、あくまで義弟という眼差しで慈《いつく》しんでいただけだ」

「あの一瞬？」

流依は小首をかしげた。そんな流依のほおに手を伸ばし、クリスティアーノは愛おしそうにそこにかかった髪を指で梳いた。

「この前の闘牛、一瞬で魂をわしづかみにされた。本気で惚れてしまうほどに」

「……っ」

彼の囁くような、静かな低い声が鼓膜に溶け、流依は息を震わせた。

「ふだんは淋しげで、人恋しそうな顔をしているのに、あの一瞬だけは違った。闘う男、いや、獣の目をしていた。ネコ科の大型肉食獣のようにしなやかな野性味、その奥にある秘めた強さ、迸《ほとばし》る情熱……悔しいが、一目で惚れてしまった。高度医療センターからの誘いも棒に振ってしまうほど」

「それ……本気で言ってるの？」

胸が騒がしくなる。あの一瞬——かつて流依がこの男に感動した美しく儚い一瞬をこの男も感じてくれたのか？

「惚れた、何てかっこいい男だと。あのとき、おまえのなかに見えた、愛、情熱、狂気……闘牛士の魂が。おまえのなかにある情念の焔《ほのお》に灼《や》き殺されてもいいと思うほど」

流依のあごをつかみ、クリスティアーノが目を細め、こちらを見つめてくる。

「闘牛場で傷つき、倒れ、それでも闘おうとする美しい男の姿に、胸の奥が熱く疼いた。愛《カリーニョ》なのか欲望《パシオン》なのかまだ自分でもわからないが……おまえに惚れているのは自覚している」

おまえに惚れて《テ・エナモラード》いる。

少しかすれた声で話されるカタロニア訛《なま》りのスペイン語に胸が熱くなっていく。

「その気持ちは嬉しいけど……俺には、出世を捨てて惚れられるだけの価値なんて……ないから」

同時に、怖い、と思った。大事な医師としての未来を棒に振ってまで惚れてもらえるような人間ではないから。

「どうして？　愛こそがすべてだ。もちろん仕事も大切だが、なにより愛する者がいてこそじゃないのか」

そうだった。一見、クールなタイプに見えるが、この男もラテン系だった。

彼らにとっては、仕事よりも恋愛のほうが大切なのだ。

それは言葉の語源からもわかる。日本語で仕事は、「事に仕える」「公に奉る《おおやけたてまつ》」ということからきている。

だがスペイン語の仕事《トラバッホ》の語源は、苦役からきている。彼らにとって仕事は、神から与えられた苦しみの一つなのだ。

そしてその対極に「愛」がある。

「どうした、言葉の意味が理解できないか？」

片眉をあげ、じっと見つめられ、流依は視線をずらした。

「言葉はわかる。でもあんたはわからない。何で俺なのか」

「言っただろ、闘牛士しか愛せないと。いつ死ぬかわからない男、愚かで孤独な闘牛士の魂を持った男が好きだ」

「じゃあ、俺じゃなくてもいいわけだ。そんな闘牛士なら誰でも」

「そう簡単に理想の闘牛士がいてたまるか。獣の目を持った孤独な闘牛士。神からも死神からも愛されるような、俺がなりたくてもなれなかった…」

「……っ」

「だから闘牛をやめて医者になった。そういう男を助け続けるために」

クリスティアーノは、流依の肩に手をかけた。

「恋人になってくれ」

軽く音を立てて唇を重ねたあと、クリスティアーノは今度は悩ましげに懇願してきた。蠱惑的《こわくてき》に、人をひきつける眼差し。見ていると気持ちが騒がしくなりそうで流依は視線をずらし、震える声で返した。

「……一週間で退院させてくれるなら」

「……無理をすれば、闘牛場で、傷がひらく。そうなったら死ぬ確率が高くなるぞ」

「そう簡単には死なないよ。だって、あんたがまた治してくれるんだろう?」

見あげると、クリスティアーノは静かに息をついた。

「当然だ。治して、俺のものにしてやる」

その力強い言葉に背中を押されるような気がした。どうしたのだろう、不思議なほどの勇気が湧いてきた。闘牛士として自分の前にいたはずの男が、今度は医師として背後からあたたかく強く護《まも》ってくれようとしている。今は、それが嬉しかった。

「わかった、あんたのものになる」

「本当に？」

「だって……あんたがかわいそうだから」

「かわいそう？」

「闘牛士しか愛せないなんて……かわいそうじゃないか。うちの母さんより恋愛が下手だ。あの人以下だなんて……かわいそうで淋しすぎて……愛おしくなるよ」

本当はそうじゃない。

かわいそう――というのはせめてもの強がりだ。

かわいそうだから、愛してあげないと。

かわいそうだから、彼を受け入れないと。

かわいそうだから、淋しそうだから、恋愛が下手だから。

全部全部、強がるための言い訳だ。

本当は、ただただ嬉しい。ただただ愛しい。でも人を好きになるのも、こんなふうに言われるのもなにもかも初めてだから。

「それでいい。俺のものになって、そばにいてくれたら」

甘いキス。ずっと焦がれていた相手にそんなふうに言われて幸せだった。大好きな相手からこんなに愛しいと思われていることが。

いつ死ぬかわからない男しか愛せない。

闘牛士しか愛せないと言う、クリスティアーノの心の闇の奥になにがあるのか、そのとき、まだ流依は深く考えていなかった。

というのも、一週間後に出場するマドリードの闘牛でいっぱいいっぱいだったからだ。入院中、ホセが見舞いにきて、なにか廊下でもめているようだった。

そのあと二人は別々に流依の病室に現れたが、和解したようには見えなかった。ただ、ホセの表情が心なしかいつもよりもやわらかかったことには気づいた。

「……畜生、八年ぶりの再会が闘牛場とはな。しかも医者になっていやがった。救命救急医だと。闘牛士の傷も専門らしい」

うっすらと白髪が交じった、細身の目鼻立ちの整った中年男性。

若いころは闘牛士だったが、途中で怪我をして挫折《ざせつ》。その後、叔父のやっていた闘牛牧場を受け継ぎ、何人かの女性と結婚離婚をくりかえし、最後に流依の母親と結婚した。

『おまえの母親は天使だ。こんな立派な息子を俺に託してくれて』

ホセの口癖だ。二人が知りあったとき、母はすでに胃に悪性の腫瘍《しゅよう》が見つかり、余命がそう長くないことに気づいていた。息子の流依の将来に悩んでいた母は、病院にきていたホセと出会い、彼に息子を託そうと思ったのだろう。

クリスティアーノが去り、母が亡くなったあと、ホセと流依はずっと『闘牛』だけで結ばれてきた親子だった。ホセにとっては流依はクリスティアーノの身代わり。流依にとっては、ホセはこの国でたった一人の頼るべき相手として。

「息子に会えてうれしかった？」

「元気そうでよかったよ。でも一番うれしかったのは、あいつがおまえを助けてくれたことだ」

ホセはベッドにいる流依をぎゅっと抱きしめた。

「義父《とう》さん……」

「今の俺には、おまえがすべてなんだ。おまえを最高の闘牛士にすることが。おまえの母さんとの約束だからな」

これもホセの口癖だ。母が亡くなったあと、告別式の場で、自分はもう独りぼっちだ、頼れる者はいないという孤独感とやりきれなさを感じた。

自分だけ置いていかれた。誰にも必要とされていないような、淋しさ。誰かに必要とされたい、誰かに喜んでもらえる生き方がしたい。

そんな思いが募《つの》っていったとき、ホセから言われたのだ。

『どこにも行くな。おまえは俺の息子だ。これまで以上に闘牛によって結ばれた親子になっていこう』――と。

闘牛によって結ばれた親子……。

『クリスティアーノとはできなかった。だが、クリスティアーノの代わりにおまえが現れた。今はおまえだけが俺の宝だ』

俺の宝――そう言われてどれほど嬉しかったことか。

クリスティアーノの代わりに自分がホセのところで世界一の闘牛士になる――という目標をもち、信じた道を迷うことなく歩いていこうと決意した。

（……でもこれからは違う。代わりではなく、自分自身がどうできるかを考えたい）

そんなふうに思っていると、ホセと入れ違いでクリスティアーノが回診にやってきた。闘牛士専用の医療チームに加わり、今、彼はマドリードのサン・イシドロ祭の主要スタッフの一人になっている。

この祭が終わったら、実家のあるセビーリャの病院に勤務することが決まっていた。

「ホセ……オヤジとは、おまえのほうが本物の親子のようだな」

「義父さんと和解した？」

問いかけると、「いや」と無表情で答え、クリスティアーノは流依のパジャマのボタンを外し始めた。

日々自分の身体が回復していくのがわかる。

傷口の縫い傷が抜糸《ばっし》されたのは、闘牛を翌日に控えた夕刻だった。

「動けるか？」

ベッドから降り、流依は椅子にかけていた赤い布《ムレータ》をつかみ、闘牛をするときのように腕を伸ばしてみた。ずきずきと傷口が痛んだが、それでも気になるほどではない。

「大丈夫だ。できる」

「ああ、おまえは華奢なわりに体幹が鍛えられている。幼いときから、武道とフラメンコで鍛えてきたおかげだな。天国の母親に感謝しろよ」

クリスティアーノがポンと流依の肩を叩《たた》いたそのとき、看護師が勢いよく現れた。

「先生、急患です。三人の闘牛士が怪我をして、医師が足りません。三人のうちの一人がこちらに運ばれてきます」

「……っ」

「わかった。流依、おまえは明日の闘牛のため、リハビリをしてろ」

「ああ」

続けて三人が怪我？　一体、どうなったのだろうと思って、テレビをつけると、ちょうどそのニュースが流れてきた。

一人目に出た闘牛士が最初のカポーテのときに牛とぶつかって負傷。

彼の代わりに出た二人目の闘牛士が、その次に怪我をした。

さらに最後に出てきたコロンビア人の闘牛士も連鎖反応をうけたように大怪我をして、結局、その日の闘牛は中止になったらしい。

明日の予行演習がてら自分の動きの練習をしながらニュースを確かめていると、一時間ほどして、クリスティアーノがもどってきた。

がたっと音を立てて、だるそうにクリスティアーノが病室のソファに腰を下ろす。

疲れた様子だった。その疲労した、どこか不機嫌そうな横顔から察すると、命が危ぶまれる負傷だったのだろうか。

「どうだった？　無事だった？」

ソファに近づくと、クリスティアーノは目を眇《すが》めて流依を見あげた。

「ああ。三人目の新人闘牛士が運ばれてきた。二十歳過ぎのコロンビア出身の若手だが、知っているか？」

「知ってる。いい闘牛士だ。彼が新人だったころ、何度か一緒になったことがある」

流依よりも少し年上の、若くて大人びた闘牛士だ。コロンビア人らしく、浅黒く、しなやかなムチのような体軀《たいく》をしている。

「すぐに復帰できるの？」

「大腿部《だいたいぶ》の骨折。復帰するのに三ヵ月かかるだろう」

「じゃあ、今シーズン、棒に振ってしまうかもしれないじゃないか」

「一ヵ月で治してやると強がっていたよ。だが難しい。闘牛士の怪我のなかでも、骨折だけは無理やり治すことは不可能だ」

「でも……」

クリスティアーノは流依の左手を摑み、そっと手首の付け根にくちづけしてきた。

「…………っ」

指先と同じで、ひんやりとした唇。しかし狂おしそうにそこに唇を這《は》わせていく彼の吐息はどこかあたたかい。

「どうしたの……急に」

「まじないだ。この手が、明日、闘牛中に赤い布を手放さないように」

赤い布を手放さない。つまり手放すような事態——事故に直面しないということ。

どんな事故もなく、無事に闘牛を終えて欲しいという彼の強い祈りがこめられている。

いつ死ぬかわからない男しか愛せないのに、その男が無事でいることを強く願う。

一見、矛盾しているような、相反しているクリスティアーノの言葉。

自分自身が一本気で単純にできているせいか、彼の言葉や心の奥が流依にはわかりにくい。

いくつもの感情が重層構造になっていて見えにくいのだ。

なによりも愛が第一というところはラテン系らしい思考回路だ。けれど他のラテン男のように、脳のどの部分をスライスしても金太郎飴みたいに恋愛成分が出てくるという感じでもなさそうだ。

（その昔……仲間を事故で亡くしたことがあると誰かが言ってたけど……どんな人だったんだろう）

元闘牛士。牧場主と女医との間に生まれ、今は医師となっている。

両親はクリスティアーノが五歳のときに離婚。

最初は母親にひきとられたそうだ。カトリック系の慈善病院に勤務していた彼の母親は、再婚相手に誘われ、西アフリカで医療活動をするために渡航。一時期、クリスティアーノもそのあたりで暮らしていた。だが致死率の高い感染症が流行し、命に危険が及ぶということで、クリスティアーノは父親のホセのもとにひきとられることになった。それから闘牛士を目指すようになり、仲間を事故で亡くした。

そのくらいのことしか知らない。

義弟になると決まったとき『おまえが闘牛士になれ』と言って帽子をくれた人。

ふいにクリスティアーノに触れてみたくなった。

長い毛先や体温の低そうな皮膚にも。

流依は空いている右側の手を伸ばしてクリスティアーノの髪からほおに添えた。

「ん？」

ちらりとクリスティアーノが視線をあげる。流依は淡くほほえんだ。

「これは俺からのまじないだから」

流依はそっと彼の額にキスした。

「明日、同じように触れられるように」

囁くように言うと、再びクリスティアーノが流依の手首にキスしてきた。

互いへの想いを確認するかのようなまじない。心地よい幸福感に満たされていく。

窓のむこうに、ちょうど闘牛場が見える。

明日、流依が出場するマドリードのラス・ベンタス闘牛場。

淡い夕暮れの光を浴び、そこだけが黒々としたシルエットになっている。

赤い太陽の光を広げ、金色に輝いている空。遠くから聞こえてくる車の音、人々の喧噪。

そんなもろもろのものを感じながら、流依は静かに言った。

「明日、無事に闘牛を終え、あそこの門から凱旋《がいせん》退場するから」

闘牛場の表玄関。そこからの凱旋退場は、選ばれた者だけしかできない。怪我を悪化させることなく、無事にもどってくるという意味。

「ああ、信じてる」

手首をひきつけられ、勢いよくベッドに押し倒された。クリスティアーノは流依のパジャマをはだけさせ、乳首のすぐ下にある縫い痕に手を這わせてきた。

「綺麗だ、さすがに俺が縫っただけのことはある。愛をこめ、この皮膚の細胞に『生きろ』と語りかけるように縫ったんだが、その甲斐あって、この肋骨《ろっこつ》に沿ったような傷痕も、脇腹も、内腿《うちもも》も……なにもかもが美しい」

　自画自賛しながらクリスティアーノがそこに唇を落としていく。腹筋を辿るように触れる唇の動き。やがて彼の唇が腿の付け根に触れ、流依はぴくりと身体を震わせた。

「おまえ……経験は？」

　問いかけられ、流依は押し黙った。

「それは……」

　キスさえも彼以外知らない。そんな流依の反応を見て、クリスティアーノは微笑して唇を重ねてきた。

「ん……っ」

　とろけそうなキスだった。流依の頭を抱きこみ、息ができないほど熱っぽく舌を絡めとられていく。それだけで身体にじわっと快感の火が灯《とも》る。

　流依の唇からあふれる吐息にも熱っぽさが加わってしまう。

「ん……ふ……っ」

　しかしキス以上は求められなかった。

「まだ傷がひらく可能性がある。これ以上のことはしない」

　少しものたりないような淋しさを感じる。

「もう喪うようなことはしない。おまえだけでも必ず助けるから。それでもどうせ死ぬのなら闘牛場にしろ」

「え……」

「どうせなら英雄になれ。だがそれまでは俺が助けてやるから」

耳元で囁くクリスティアーノの言葉の意味。流依には理解できなかった。ただこの男のものになったら理解できるような気がした。だから——。

「明日……無事だったら……俺のホテルの部屋に泊まりにきて」

「本気だな？」

「約束したじゃないか。あんたは俺を助け、明日の闘牛までに回復させる。そして俺はあんたのものになるって」

「本気で恋人にしてしまうぞ」

「ああ。ただしひとつ条件がある」

「条件？」

「約束を果たすのは俺がちゃんとした闘牛をしたときに。あんたの真似をしているようだと感じたときは、容赦なくそう言って。俺、あんたに恥ずかしくない、ちゃんとした闘牛士になりたいから」

流依の言葉に、おかしそうにクリスティアーノが笑う。

なにがおかしいのか、声をあげ、ハハハと響きわたるように。

「何か変なこと言った?」

「いや、最高だと思って。俺が惚れただけのことはある。おまえのそういう真剣さ、闘牛への一途さ……そこに惚れたんだ」

クリスティアーノの言葉が心地よく鼓膜に溶けていく。

自分も同じだ、と思った。

瀕死の怪我を治し、この命を『生』へと導いてくれた男。八年前、彼の闘牛に惚れたときとは別の形でこの男に惚れそうになっている。流依が命がけで闘牛をする姿に惚れ、その人生まで変えてしまう男の秘めた情熱に、自分もまた囚われそうになっている。

闘牛士としての彼ではなく、闘牛士である自分を求めてくれるその熱に狂おしいほど。

5

その翌日、流依《るい》は無事に闘牛を終えた。

だがどうしても身体に負担がかかっていたため、凱旋《がいせん》退場を勝ち取るまでに観客を沸かせるほどの闘牛はできなかった。

「焦らなくていい、流依。まだマタドールに昇格したばかりだ。来年のサン・イシドロ祭で最高の闘牛を見せてやればいい。今回、おまえが諦めずに闘ったことで、注目が集まるようになったんだからな」

ホセはそう言ってくれたが、流依は苛立《いらだ》ちを感じた。

闘牛士の闘牛中の怪我は、勲章のようなものだ。闘牛士にとっての誇り。

確かにそうかもしれない。牡牛から逃げなかった証拠だ。けれど思ったとおりの闘牛ができなければ意味がない。

怪我のない闘牛士。危険を回避するような技をするのではなく、危険に直面しながらも危険な目に遭《あ》わない闘牛。それを目指したいと思った。

その夜、ホテルの一室に現れたクリスティアーノは、しかしまだ流依の傷が確実に回復していないという理由で彼のものにしようとはしなかった。

「次の闘牛は？」

「次は、六月六日にニームで。まだ十日ある。それまでには完全に回復しているか？」

「ああ。そのあとは？」

「十五日にトレド、それからアリカンテ、アルヘシラス、ブルゴス……」

「俺のときと同じだ。七月はパンプローナ、ビトリア、バレンシア……と続いて、過酷な八月がやってくる。ハードスケジュールだな。怪我に気をつけろ。とりあえず俺もセビーリャに移動する」

「じゃあ、義父さんのところにもどるの？」

セビーリャから、自分たちの自宅までは車で三十分ほどだ。通えない距離ではない。

「セビーリャの市内にマンションを借りるつもりだが、おまえの傷も心配だ、しばらくは自宅から通う」


実家の牧場にクリスティアーノが戻ってくることになった。

義父は八年ぶりの実の息子の帰郷にやはり喜びを隠せないようだった。

「ありがとう、流依……あいつとまた一緒に暮らせるなんて。俺のところに戻ってきてくれるとはな」

ホセの涙。ああ、彼は本当はずっとクリスティアーノにそばにいて欲しかったのだ。

じゃあ俺は？　闘牛士として命をかけて、あんたの息子として生きてきた俺は？

一瞬、自分はもう必要ないのではないかという思いが胸をよぎる。

クリスティアーノのことは好きだ。一緒に暮らせて嬉しい。けれど家族としてはどうなのか。

「よかったな、義父《とう》さん。これからは彼のこと、義兄《にい》さんて呼ぶよ」

「流依……」

「家族三人、仲良くやっていこう。俺たちは闘牛でつながった家族だから」

そう口にして、はっとした。

闘牛でつながった家族。そうだ、自分がいるから彼らが親子でいられるのだ。

闘牛士を育てたい義父。闘牛士しか愛せない、だから闘牛士のための医師になった義兄。

そして闘牛士の自分。自分を挟んだ形で、彼らが親子でいられる。母さんは、何という素敵な家族を自分に残してくれたのだろう。

そんなふうに思いながら、流依は後ろからホセに抱きついた。

「義父さん、本当によかったね。楽しく暮らそうね」


その日、夕食のあと、クリスティアーノがそっと耳打ちしてきた。

「流依……オヤジのことで少し話がある。夜中にパティオに降りてこい」

夜中を待って中庭に降りると、レモンのあまずっぱい香りがあたりに充満していた。

柑橘系《かんきつけい》の香りが漂うなか、泉から流れる水の音がさらさらと中庭に響いている。

ホセも使用人も眠りにつき、今、起きているのは、クリスティアーノと流依だけだ。

色とりどりのカーネーション、ピンクや赤の薔薇《ばら》が群生している美しいパティオ。

「話って?」

問いかけると、義兄はホセの心臓の疾患が悪化しているため、このまま無理を続けると彼の命に関わってしまうと説明した。

「そんな……」

「この前、おまえが怪我したとき、しばらくオヤジが見舞いに行かなかったのは、心臓の発作が出て倒れていたからだ。おまえが死ぬっていうショックのあまり。またおまえが同じような怪我をすると、見ている途中で、あいつのほうが昇天してしまうだろう」

目の前が真っ暗になる気がした。

「どうしよう……そんなことになったら」

「安静にしていれば大丈夫だ。ただし闘牛のつきそいはもう無理だろう」

「……仕方ない、なら別の人に頼むよ」

「だがあいつは納得しないだろうな。療養するくらいなら闘牛場で死にたいと言うだろう。おまえ次第といったところか」

「俺次第？」

「最高の闘牛を見せ続けろ。いつ死んでも悔いがないような、いや違う、あいつが死にたくないって思うような」

「意味がわからない。あんたの言葉は俺には難しすぎるよ」

「単純だ、おまえの闘牛がもっと見たい、おまえともっといたいと思わせるようなものを見せ続けるんだ。そうすれば、あいつに生きる意欲が出てくる。寿命を延ばすのはそれが一番だ」

「最高の闘牛？」

「ああ、神々《こうごう》しいものを。今のような若さに任せるような闘牛ではなく」

「できるのか……俺に」

「俺もそれが見たい」

「え……」

ふっと死神のようにクリスティアーノが笑った。

「見せろ、神々しい命がけの闘牛を。俺を惚れさせ続けるような闘牛を」

「クリスティアーノ……」

「約束だろう、俺のものになると」

「ああ」

「身体を見せてくれないか」

「身体って」

「俺が生かしてやった身体だ。さあ、見せろ」

「……」

ベンチから立ちあがり、流依はシャツを脱ぎ、裸体になった。

この鎖骨の下、左の胸部と右の腹部と腿《もも》にはクリスティアーノが手術してくれたときの痕跡《こんせき》がくっきりと残っている。

「縫い痕がなじんでいる。だいぶ回復したようだな」

彼の手が傷痕に伸びてくる。

「……っ」

「再会した日、牛の前で、死をも恐れず立ち向かおうとしていたときの獣のような目は最高だった。だが、今のおまえはあのときと違う。あのときにはなかった幸福そうな光が見える。今、幸せなのか?」

幸せ……。

「ああ」

流依はうなずいた。

「幸せ……か。だからか」

クリスティアーノは含み笑いを見せた。

「え……」

「一昨日のサン・イシドロ祭、あきらかにおまえの目には、獣の色が宿っていなかった。つまらない目をしていた。俺との恋の成就がおまえから飢餓感を奪ったのか?」

クリスティアーノの言葉に、流依はまなじりをつりあげた。

「違う、あんたとのことは関係ない。幸せは幸せだけど、それとも関係ない」

「じゃあ、なにがおまえを駄目にした」

駄目……。やはりこの男の目にはそう見えたのだ。

「この怪我だ」

流依は自分の胸の傷を指さした。

「闘牛場でこんな怪我をしたのは初めてだったのでわからなかった。怪我をしていると、どれほど動きにくいのか」

これまで一度も大きな怪我をしたことがなかった。せいぜいかすり傷程度だ。

「怪我をしたままだと、自分の思うような闘牛ができない。完璧な身体でないと、自由にならない。それがどうしようもなく腹だたしかったんだ。だから決意した。もう怪我をするような闘牛はしない。完璧な身体で完璧な闘牛をしてやるって」

「そういうことか」

ホッとしたように息を吐くクリスティアーノ。

「ああ、俺が感じたのは怪我や死への恐怖ではなく、自分が自由に動けないことへの恐怖だった。そのせいでつまらない闘牛をしてしまった。そのことが悔やまれるだけ」

流依の言葉に、クリスティアーノはまたおかしそうに笑った。ハハハと声をあげて。どうやら最高に嬉しいときに、こういう態度に出るらしい。

「おまえは……そうか。母親から愛されて育ったからな。幸せを感じたくらいで駄目になったりしないのか。すばらしいことだ。これからの時代の闘牛士はそうでないと」

「昔は違ったの？」

「昔の闘牛士はサクセスストーリーの象徴だった。貧乏から這いあがり、成功したい、金持ちになりたい、愛が欲しいという飢餓感が必要だった。でも今は違う。二世や三世も増えたし、おまえみたいに、ちゃんと親からの深い愛情を受けた人間も増えてきた」

「そのほうがいいの?」

「ああ、そういうなかからでも他人を感動させるマタドールが出てこないと。時代の変化によってこの世界から闘牛が消えてしまわないためにも」

この男は本当に闘牛が好きなのだ、と改めて痛感した。

闘牛士としての魂がないと言いながら、その実、誰よりも狂おしいものを持っているではないか、一番激しい熱をその内側にひそませているではないか、と。

「……まあ、いい。それを聞いて安心しておまえを俺のものにできる」

何の気配もなく腕をわしづかみにされた。

「——っ!」

背を抱きこまれ、耳元で囁かれる。安心して——という言葉に、流依自身も安堵を覚える。この男から闘牛士としても人間としても認められた気がして。幸福感を抱きながら、流依はその背に同じように腕をまわしていた。

「早く完璧な身体にしろ。俺が欲しいのは、獣の目をしたおまえだから」

どくりと心臓が高鳴る。

獣の目をした俺？　と目で問いかけた流依に、クリスティアーノは「ああ」とうなずいた。

「闘牛場で獣の目をして闘うおまえに惚れた。あのときだけじゃない、最初に客席にいるおまえを見たときもそうだった。獣の目をして俺の闘牛を見ていた」

「あのときも？」

「ああ」

クリスティアーノが胸元の傷を指でなぞっていく。

剣をメスに替え、牛の命を殺す代わりに自分の命を救ってくれたクリスティアーノの指先。

「待って、あの……教えて。あんたがどうしてそんなことを言うのかわからない。闘牛士の魂がないと言いながら、生死をかけた闘牛士しか愛せない理由が……」

「愛することに……理屈なんて必要なのか？」

「そうじゃないけど……ただ知りたくて」

「どうして」

「……自信がないんだ。まだ未熟な闘牛士の自分を、どうしてあんたがそこまで想ってくれるのか——エリートへの道を捨てたと言われると不安になって」

「自分の闘牛に自信がないとは……情けない。日本人は自分を卑下する傾向があるが……スペイン育ちのくせに、そこは日本人なのか」

「違う、日本人だからとか卑下してるとかじゃない。俺は、もっとうまくならないと、もっといい闘牛をしないとと思うばかりで」

流依の言葉にクリスティアーノは眉間に深いしわを刻んだ。

「なら、こう言えばいいのか？　おまえは身代わりのようなものだと」

「身代わり？」

「かつて愛した男……俺がたった一人、おまえに会う前に心から愛した闘牛士……憧れのような存在とでもいうのか、俺に闘牛の美しさを教えてくれた男……彼もおまえのような獣の目をしていた」

「――っ」

たった一人、心から愛した闘牛士。その男がこの人に闘牛の美しさを教えたなんて。そんな人がいたなんて。

「誰……」

「おまえの知らない人間だ。おまえの目は、どうしようもないほどあいつの目にそっくりだ」

「その人……今は……」

クリスティアーノはクイとあごで上空を指し示した。空――天国、つまりもう亡くなっているということか。

「仲間だった人？　闘牛中に亡くなった人がいるって聞いたけどその人、闘牛場で亡くなったの？」

「思い出したくない。おまえには関係のない人間だ」

思い出したくないほど大切な人なのか。一体、どういう関係だったのだろう。

「あんたは……俺ではなく……ただいつ死ぬかわからない闘牛士……かつての恋人の代わりを……求めてるだけ？」

「バカのわりに頭が働くようだな」

そういうことか。別の闘牛士の代わり。

はっきりそう言われ、ああ、自分が必要とされていたのではなかったのかと胸が軋《きし》んだ。

いや、そのほうがずっと自然ではないか。

考えてみれば、いきなりこの人に惚れたと言われるのも変な話だ。

獣の目をしているから惹かれた、死ぬ気で闘っている姿に惚れた、だから自分のものにしたいと言われても、流依は自分がそこまでの闘牛士ではないと思っている。

まだ未成熟で、不完全な闘牛士だ。

けれど喪《うしな》った相手と同じような目をしていたからと言われると、ああ、だから彼は自分を求めているのだとわかって、何となく納得してしまうのだ。

高度医療センターでの出世を棒に振ってでも、闘牛士専用の医師になろうとしているのは、決して自分一人のためだけではなく、それまでに彼が大切にしてきた相手ゆえのことだと考えたほうが自然なのだ。

「どうした、変な顔をして。身代わり扱いされて不満なのか」

「いや」

流依はかぶりを振った。

「ちょっとだけ気が楽になったよ。俺、重いの苦手だし、身体だけの関係ですませられるならそのほうがいいから」

違う、本当はそんなふうに思っていない。ただの強がりだ。ただそういうことにして気持ちを深入りさせないままにしておいたほうが自分に逃げ場がある気がして傷つかなくてすむから。

身代わりではなく、本物の自分を愛してもらう自信がないのだ。まだそこまでの闘牛を見つけていないから。闘牛は大好きだし、この人のことも大好きだ。だけどまだ自分がこの人の真似から脱皮しきっていなくて、これだというものを見つけていない。

「エッチだけしてくれたらいい。好きなだけ、俺を抱けばいい。ただし俺が怪我をしたときは、いつでも助けると約束するなら。そして万全の身体で次の闘牛に出られるようにしてくれるというなら」

抱けばいい——ではなく、本当は抱いて欲しかった。

「約束する」

クリスティアーノはそう言うと、ゆっくりと流依に唇を近づけてきた。

「……ん……っ」

あごを摑まれたまま、顔の角度を変えながら唇をひらき、互いの舌を絡ませていく。

キスだけは病院で何度もしてきたが、こんなふうに次のステップにつながるくちづけは初めてだった。

「これからは、次の日に闘牛のない日は夜中にここにこい。毎夜、俺のものになれ」

毎夜、彼のものに。

「おまえの闘牛を見たときから欲しくて欲しくてしょうがなかった」

それは身代わりではなくて？

問いかけるのが怖かった。けれど胸の奥が甘く疼いた。彼が惹かれたのは自分だ。身代わりではない。必死にやった姿、そう、自分が見せた姿に彼が惹かれたのだ。

（俺も……案外、複雑なのかもしれない。この男と同じで）

身代わりのほうが気楽だと思いながらも、やはり自分を愛しく思って欲しいという気持ちが存在する。

「欲しいのは俺も同じだ……初めてあんたの闘牛を見たとき……神々しいと感じたときから」

きっぱりと言うと、クリスティアーノは尊大に笑みを浮かべた。

「知ってる」

さも当然といったクリスティアーノの声が鼓膜に溶け、再び唇を重ね、さっきよりも強く舌を絡め合わせると、一瞬、レモンの香りがした。

「ん…クリスティアーノ……義兄さ……ん…んん……っ」

ひどく疲れているせいか、濃密なだけのキスに少しずつ頭がぼんやりとしてくる。

このままこの男のものにされたい。

強い衝動に突き動かされながら、流依はベンチにゆっくりと自分から倒れこんでいった。

さらさらと水の流れるパティオの奥、人目につかない陰になったベンチ。

下着ごとズボンを引きずり下ろされ、後ろからぐいと腹部に腕をまわされる。

「あ……そんなとこ……」

性器をまるごとクリスティアーノの手が包む。まだうつむいていたペニスをゆっくりと撫でさすられていく。

流依は身体を震わせた。

「感じやすい身体をしているな」

「んっ」

次に義兄の爪に亀頭の割れ目を掻《か》き裂かれる。

「う……ああ……っ」

生まれて初めての体験だった。たちまち身体の奥がじんじん痺《しび》れたようになっていく。

「あ……やばい……っ……そこ……どうして…あっ」

わけがわからない。奇妙な体感にじわじわと肌が汗ばんでいく。

「もうこれか。さすがに獣は獣だ、人間と違って快楽をゆったりと感じるだけのゆとりもないのか」

力をこめたように彼の手ににぎりしめられたとたん、腰のあたりにぴりぴりと電流が流れる感覚が奔《はし》った。

「あっ、くう……あ、あぁぁっっ！」

亀頭から白い精液が迸《ほとばし》っていく。

とろとろとした情欲の証。一瞬で達してしまった恥ずかしさと、射精をしたあとの、すっきりとしたほっとするような爽快感《そうかいかん》が肌を駆け抜けていく。

「ん……」

「ずいぶんかわいいものだな、十代の欲望というのは」

クリスティアーノはそう囁くと、剝きだしになった流依の腰を手で摑み、奥の割れ目をすーっとなぞっていった。

「や……やめろっ……そんなとこ……」

彼の指が後ろに辿り着いた次の瞬間、肉の環をぐっとひらかれる。

「あぅっ」

指が肉を割ってぐいぐいと挿《はい》ってくる。

初めての体感にたまらなく緊張する。くすぐったいような、心地悪いような、名状しがたい異物感に混乱をおぼえる。それなのに彼に弄《まさぐ》られている場所がじわじわと熱くなっていく。

「や……あっ、あぁ、ああっ」

再び育ち始めた性器の先端にはまたとろみのある蜜がたまり始め、そこから透明な糸が伸びているのがわかって恥ずかしい。

胸の突起は触れられてもいないのに、独りでにぷっくりと膨らんでいた。どうしてだろう。

「おまえの闘牛にはひとつ欠点があった。若さゆえの勢い……だが硬質すぎてつまらない。少し色香が加われば、もっといい闘牛ができるようになるぞ。観客全員を、その美しさと色気で射精させてやれ」

下品な言葉を吐き捨て、クリスティアーノが後孔から指をひきぬく。

「あ……ううっ」

ずるりと結合部がまくれ、肉の環に摩擦熱が奔る。

「覚えろ、男との快楽を。そして闘牛場で観客全員に犯されそうなほどの闘牛をしろ」

観客全員に犯される？　何てことを言うんだ、この男は……。

小首をかしげたそのとき、乱暴に腰をひきつけられる。次の瞬間、クリスティアーノの熱い肉塊が窄《すぼ》まりに触れるのがわかった。

「ああ………う……」

侵入してくる気配に、反射的にぴくりと腰の皮膚が張りつめる。

「……くぅ」

冷たい手で腰骨を摑んだ義兄がそのままぐぅっと腰を押しつけてきた。

「ああ、くうっ、ああっ！」

身体を押し割られていく。巨大な異物が内部に挿りこんできた衝撃に全身が砕けそうになる。

「ん……っあ、あっ」

なにもかもが初めてで困惑している。痛くて痛くてどうにかなりそうなのに、そこにいるのが焦がれてやまない相手だと思うと、痛みすら心地よくなってくるのはどうしてなのか。

怪我に触れられたときの感覚。この男の手が傷口をふさぎ、痛みしかなかったところに疼きを芽生えさせていったときの甘い蜜のような快感を思い出すにつれ、つながった場所の痛みも熱さもどろどろの甘美な坩堝《るつぼ》に溶けていく気がする。

「どうだ、男に犯される気分は。闘牛とは違うエクスタシーだろう」

「っ……犯されて……なんて……俺はあんたに犯されていない……」

「犯されていない？」

「対等だ……闘牛と同じ……むきあって、命がけで闘うときと同じ……」

「闘牛か……おもしろいな」

「おもしろい？」

「ああ、どちらが殺すか殺されるか。いっそ俺が殺されたいくらいだ」

不敵な笑みに背筋がなぜかぞくぞくと痺れた。

「それは喪った相手に？　……それとも俺に？」

「さあ……答えは……おまえが教えろ」

またこれだ。また答えを要求してくる。

ピカソのゲルニカのときのように。

牡牛が善なのか悪なのか、闘牛が正しいのか悪なのかと問いかけてきたように。

クリスティアーノ……喪った相手とこの人との間になにがあったのだろう。

どんな闇がそこにあるのだろう。

「く……ふっ」

いつしか流依は笑っていた。

「どうした」

「嬉しいんだ……知的なだけじゃなくて、歪んだ神経の闘牛フェチの変態医師なら、闘牛士専門の医師以外、使いみちがない気がして」

エリートへの道を捨てさせた罪悪感をおぼえなくていいのだ。

「ああ、俺はそういう変態だよ」

さらに腰をひきつけ、クリスティアーノが勢いよく奥を突いてくる。

「ああ、あぁ……あぁあ——っ」

「いい、おまえの……なか……生きている人間らしい熱……狂暴なほどの締めつけ……最高だ」

荒い息を吐き、クリスティアーノが腰をぐいぐいと打ちつけてくる。

「ああっ……ああっ」

「いい目だ……美しい獣の目をしている。そうやって永遠に闘牛場で輝き続けろ。英雄になる日まで俺が助けてやる」

6

真紅の光芒《こうぼう》を残し、紫色から空が徐々に濃紺の闇につつまれていく。

命を助けられたこと、そして彼の献身的な介護……しばらくの間、流依《るい》は、自分が自分でなかったかのように、彼に惹かれ、その関係におぼれていった。

「……義兄《にい》さん……」

二人で落ちあうのは、真夜中のパティオ。

ホセや使用人たちが眠りについたあと、噴水の流れる泉の裏で、生きていることを確かめるように求め合う。

彼の身体にまたがって快楽を貪ることもあれば、四つん這《ば》いになった流依を彼が後ろから貫くこともあった。

「ん……あ……あぁ」

射精のあと、いつもしばらくクリスティアーノは流依の身体から出て行こうとしない。つながったまま、抱き寄せ、ほおや額に狂おしげにキスをしてくる。

「このところ……おまえの闘牛に色気が加わったという噂だ」

「当然だ。これだけしてるんだから」

「ああ、そのうちビッチという噂が出るかもしれないぞ。この前も男性モデルからベッドに誘われてなかったか?」

「断ったよ。ゴシップ誌常連のロサリオじゃあるまいし、ビッチなんて言われないよ。俺は品行方正で有名なんだから」

ロサリオとは流依より少し年上のマタドールでその妖しい美貌とスキャンダルの多さでいつもゴシップ誌を騒がせている男だ。

「だが、最近は以前のような堅さが抜け、色気がダダ漏れなんで、パパラッチがスクープを狙うようになっている。いつでも後をつけられてるだろう?」

その言葉に流依はくすりと笑った。

「なら、安心だな。俺、こんなふうに寝てんのは、あんただけだから。で、あんたとは、自宅のパティオだけ。真夜中、誰もいない時間帯に。さすがにパパラッチもここまでこないだろうし」

「そうだな、使用人が気づいて、隠し撮りでもして写真を売りつけたりしない限り」

「バレたらスキャンダルだろうな。世間は大騒ぎするだろう」

義兄と義弟。元マタドールと、現マタドールが男同士で、毎夜、自宅のパティオで情交に耽《ふけ》っている事実は、ゴシップ誌の最高のネタになりかねない。

「もし俺たちの関係がバレたら、リベラ牧場はどうなる？　やっぱりホセまで信頼を失ってしまう？」

「ああ、スペインは同性婚も多いし、闘牛界にもゲイは多いが、表だって公表している者は殆《ほとん》どいない。ホセは監督不行き届きとして突きあげられるだろう」

「……そう」

流依は虚《うつ》ろに視線を落とした。

自分だけならスキャンダルなんて気にしない。何と言われても平気だが。

闘牛界は、スペインの国技として伝統と気品を重んじる世界だ。かつては貴族のものだった。だからこそ外国人への差別も激しく、徹底的なヒエラルキーで成り立っている。そんななか、日本人の血をひく自分が何の心配もなく活躍できているのは、ホセのおかげだ。

「やっぱりこんな関係……続けたら駄目というわけか」

「どうしたんだ、この前は、自分が死んだら、俺との関係もバレて、映画化されておもしろいと豪語していたのに」

「あれは冗談だ、あんたをからかっただけ。俺が心配してるのは義父《とう》さんのことだ」

それでなくても心臓が弱っているのに。自分は義兄が好きで、義兄もかつての恋人らしき男の身代わりという形ではあるが、自分を求めてくれていて、それはとても幸せなことだけど、ホセのいい息子ではいたい。彼を哀しませたくない。

自分はクリスティアーノのことが好きだけど、彼の人生やホセの立場を考えると、この気持ちだけで突っ走っていいのかだんだんわからなくなってくる。

（前は再会することだけ夢見て、クリスティアーノの背中を追っていればよかったけど……今は違う）

マタドールの承認式を受けて、クリスティアーノとこんな関係になって、この先、自分がどうすればいいのか、一流を目指そうと考えるようになって……このまま二人の関係を続けていいのか少しずつわからなくなってきている。

所詮は身代わり。同じ目をしていたという男。彼に闘牛の美しさを教えた男。自分がそんな男に成り代われるわけはない。それならまだ今のうちに離れたほうがいいのではないだろうか。

彼はエリートの道に戻り、自分はこれまでのように闘牛一筋で生きる。そうすればホセの牧場もよけいなスキャンダルに巻きこまれない。

それがわかっていて彼はどうして自分との関係を続けるのか？

父の牧場をつぶしたいのか？

彼の人生を変えたのは、どういう男だったのかが気になる。

(クリスティアーノの仲間はどんな人だったのだろう)

かつて彼が愛した相手を知りたくて、流依はホセから数冊の本を借り、過去に死んでしまった闘牛士を片っ端から確かめた。

獣の目をした闘牛士――そう言っていた。

わからない。どういう死に方をしたのか、闘牛場で死んだのかどうかも。

「流依、なにを探している」

書斎で延々と本を読んでいると、ホセが現れ、心配そうに話しかけてきた。

「めずらしいな、おまえが熱心に本を読むなんて」

「……これまでに亡くなった闘牛士のことが知りたくて」

流依が問いかけると、ホセはすぐに察したように言った。

「……さがしているのは、トニか」

「トニ？　義父さん……それって」

「あいつの従弟《いとこ》だ。正しくはアントニオ・リベラ。俺のすぐ下の弟の忘れ形見だった。十代半ばで亡くなったが」

この男だ……と、雑誌を広げ、そこに写っている少年の写真をホセが指さす。

「クリスティアーノと一緒に闘牛の練習をしているとき、あいつを庇《かば》って死んでしまったんだ」

「……っ」

クリスティアーノを庇って？

「新人闘牛士になったばかりのときだ」

そのときの話を簡単にホセが説明してくれた。クリスティアーノより一歳年下のトニは、先にホセのところで闘牛の勉強をしていた。

ちょうどアフリカから帰国し、ホセのところにひきとられたクリスティアーノは、トニの闘牛を見て、自分も闘牛士になりたいと考えるようになった。

「あいつの母親……俺の元妻は、俺と別れたあと、再婚した男が動物愛護団体の男だったのもあって、闘牛を嫌うようになって、モデルと浮気した俺への恨みもあってクリスティアーノに闘牛は悪だ、闘牛は死神だとネガティブな思想を植え付けていた」

ああ、だからクリスティアーノが歪んでいるのか。相反している理由…。

「だが、クリスティアーノはトニの闘牛に惹かれ、二人は一緒に闘牛士を志《こころざ》すようになった。それでもクリスティアーノのなかに、罪悪感がなかったといえば嘘になる。闘牛士になりたいという気持ちと、アフリカの紛争地で生死をかけた現場や飢えた子供たちを見てきたあいつの目には、牛を観客の前で殺すことが悪のようにも感じられた。そのはざまで苦しんでいたようだ」

善か悪か、生か死か、神のものか死神のものなのか。

クリスティアーノが問いかけていた意味はそんなところからきていたのか。

「トニはおまえと少し似たタイプで、しなやかなほっそりとした体軀に、優しげな風貌が印象的だった。だが牡牛の前に出ると、獣の目をするような少年だった。そこもちょっとおまえに似ているな」

トニは両親を早くに喪い、しばらく施設で暮らしていたこともあり、ホセがひきとったときは飢えた目をしたガリガリの子供だった。ホセのところで闘牛を始めると、急に生き生きとした表情になり、あとからやってきたクリスティアーノとは義理の兄弟として闘牛士を目指した。始めたのは遅かったが、年齢的なこともあり、デビューはクリスティアーノのほうが一年早かった。十四歳だった。

その後、トニもデビューしたが、クリスティアーノに追いつきたくて必死だったのだろう。彼が頼みこみ、ふたりは夜中の牧場に忍び込んで、闘牛の練習をしていた。

そこで事故は起きた。

クリスティアーノが牡牛に襲われそうになり、それを庇ってトニが大怪我をした。

驚いてクリスティアーノが牧童を呼びに行って、もどってみると、血まみれになって草むらに倒れていたトニ。

そのまま彼は意識不明の状態になってしまった。そして一度も目覚めることなく、一年後に亡くなった。

「それからのクリスティアーノの落ち込みは大変なものだった」

「そうか……俺……トニ…の身代わりだったのか」

「身代わり？　クリスティアーノがおまえにそう言ったのか？」

「ああ」

流依はうなずいた。しかしホセは不可解そうな顔で首を左右に振った。

「違う、何かの間違いだ。クリスティアーノはそうは思っていないはずだ」

「え……」

「流依……おまえをひきとって、闘牛士にするって決めたとき、あいつは猛烈に俺に怒りをぶつけてきた。トニがあんなことになったのに、まだ闘牛士を育てるのか、これ以上、悪の種を増やすのか、と」

「クリスティアーノが？　ウソだ、だって俺に闘牛士になれって……」

「ああ、おまえと会う前、再婚話をした時点では反対していた。だがおまえと会って、話をして……どうも気が変わったようだ。おまえがどこまでやれるのか興味を持ったんだろう」

話をして気が変わった？　ああ、あの日か。彼の闘牛に感動したあと、ホテルで会って話をしたときだ。

「おまえのおかげであいつの闘牛への意識が変わったんだ。感謝している」

ホセは涙を流しながら言った。

トニが自分を庇って結果的に亡くなってしまったあと、クリスティアーノはトニの闘牛士としての人生も背負って生きていくかのように、より一層の罪悪感に嘖《さいな》まれ、とり憑かれたように闘牛をするようになった。

それこそ死神のように。

自分が悪だ、自分は死神だ、自分はトニを不幸にした悪い人間だ、だから闘牛は悪なんだといわんばかりに。

いつかこの男は闘牛場で死ぬ。そんな闘牛ばかりしていた。

闘牛場で死ねなかったトニ。自分を庇って死んだ大切な相手。

「それからは笑うこともなく、いつも死神のような冷たい目をして、一突きで牛を殺すクリスティアーノの姿を見ていると、どうしようもなく怖くなって……」

別れた妻が、スペインに帰国するなり、心配して闘牛をやめさせて、クリスティアーノをひきとると言ってきたが、どうしても彼を手放したくなくて、ホセは彼にもう一度トニの代わりを与えようと思った。

「ちょうど友人を見舞いにいった病院で、胃ガンと診断された日本人女性と出会ったのはそのときだ」

「それ……母さん？」

「ああ。話を聞くと、自分が死んだら、息子の行く末が心配だ、侍《さむらい》の精神を持ちながら、フラメンコダンサーになれるような美しい息子なのに……独りぼっちになってしまうと言って」

「まさか……」

「そんなすばらしい息子なら、一度会わせて欲しい、もし素質があるようならうちで闘牛士にしないかと誘った」

「だから武道大会を見に来たの？」

「そうだ、彼女が案内してくれて。何てすごい才能の持ち主だと感動したよ。凛々しく恐れを知らない侍のような精神。その上、ダンサーになれるような美しい容姿。理想の闘牛士になれる、クリスティアーノのいい刺激になるというのがすぐにわかったよ」

そういうことだったのか。それが母とこの人の再婚の理由。

「クリスティアーノを死神から人間に戻したくて、おまえをひきとろうとした。だが、そのことを聞いたクリスティアーノは、それなら自分はもう闘牛士をやめる、悪の種を増やすのか、また誰かが死ぬのは見たくないと言って引退し、俺から離れていったんだ」

そういう経緯だったのか。

「では俺は身代わりではなく……」

「むしろ、その反対だ。身代わりにしようとしたが、できなかったのだから」

初めて知った真実。だがその事実をすぐにクリスティアーノに問いただせなかった。身代わりにしようとしてできなかった……。ホセのその言葉が重くのしかかって。

「——流依、おまえが闘牛士でいる限り、俺はおまえのそばにいる」

夜半過ぎ、目を醒ました流依にクリスティアーノは開口一番そう言った。

「ん……っ……」

いつも彼と情交をくりかえしているパティオとは違う。

窓にかかった、濃紺の分厚いカーテン。

ホテルの一室だった。

「……ここは?」

けだるげに前髪をかきあげ、流依はあたりを見まわした。

ぼんやりと昨日の記憶がよみがえってくる。

そうだ、今日は闘牛があるから、セビーリャの自宅を車で出て、アルヘシラスの闘牛場近くのホテルにきたのだった。

ホセから聞いた話が気になり、ホテルに着くなり、クリスティアーノを求めてしまった。自宅以外での義兄との性行為は危険だ。いつパパラッチに写真を撮られるかわからない。それがわかっていながらも、どうしても欲しくて。

「……明日の闘牛……ついてくることなかったのに」

まだ焦点の定まりきらない眼差しでクリスティアーノを見あげた流依に、彼はふっと唇の端を歪めて微笑した。

「理由がわからないのか？」

流依のあごをつかみ、クリスティアーノは双眸を細めて顔をのぞきこんできた。

「明日は……うちの牧場の牛だ。検診でこられないホセの代わりにサポートして欲しいとたのまれた」

そこまで言うと、クリスティアーノは流依の唇を軽く吸った。

「サポートしなくても大丈夫だよ。いつでも俺は前をむいて命がけで闘うから」

そう、命がけで闘わないと。そして必ず助からないと。死への憎しみか生への不安か。この人の闇が深くなる。そんな気がする。


八月の灼熱の太陽の下で、命ぎりぎりの闘牛をする毎日が続いた。

闘牛をして、クリスティアーノとセックスして、また闘牛をして。怪我をして、彼に治してもらってまた怪我をして。

ただ延々と命がけで闘牛をしていく日々だった。

そんなある日、流依はクリスティアーノと母親が話をしている現場に出くわした。

たまたまホテルで雑誌の写真撮影とインタビューをうけ、帰ろうとしていたときのことだった。エリートの道を棒に振ったことを知った母親は、クリスティアーノを心配し、セビーリャまで訪ねてきたのだ。

「なにをやってるの。せっかく闘牛士を引退して医師になったのに、どうしてまた闘牛界にもどったりするの」

ホテルの廊下でクリスティアーノの腕をつかんでいる女性が彼の母親だ。柱の陰から流依はその様子を見ていた。

「俺のことは放っておいてくれ」

「せっかく高度医療センターから誘いがきたのに、断ったりして。闘牛専門の医師なんてやめなさい。あんな残酷なショー、いつかこの世から消えるわ。そんな旧態依然とした世界で医師なんてやってても時間の無駄。もっと多くの人の命を救うことを考えなさい」

この女性は確か動物愛護団体系の男性と再婚したそうだが、浮気をしたホセへの恨みも積み重なって本当に闘牛を憎んでいるようだ。

いかに闘牛が時代遅れか、いかに残酷か切々と語る母親に、クリスティアーノはさぐるように問いかけた。

「たとえば、高度医療センターで技術を身につけ、アフリカの紛争地域や感染症対策をするのが人のためなのか？」

「そうよ、崇高《すうこう》なものに目をむけて。闘牛みたいな悪の世界ではなく。あなたは残酷なショーに加担しているのよ」

ずいぶんきっぱりと言う女性だと思った。こんなふうに言われて育ったのなら、確かにクリスティアーノが闘牛に罪悪感をおぼえてもしかたがないだろう。

「牛を殺すために人間が命かけている姿なんて信じられないわ。人間のエゴよ。ねえ、人生、やり直しなさい。クリスティアーノ、高度医療センターに行きなさい」

そのとき、彼がはっとしたようにふりむいた。流依に気づいたからだ。

「流依……立ち聞きか」

クリスティアーノの言葉にハッとした様子で彼の母親が流依に近づき、肩に手をかけてきた。

「あなた、ホセがひきとった闘牛士の流依ね。あなたも目を覚ましなさい。まだ若くて、ずいぶん魅力的な子じゃない。ねえ、闘牛なんてやめなさい。ホセと結婚するまで私もあんな残酷なものだと知らなかったの。だからつい彼の情熱的な性格にだまされて結婚したけど、今では反省しているのよ」

「母さん、いいかげんにしろ。彼は関係ないだろ。あとで連絡するから。こい、流依、行くぞ」

クリスティアーノは母親に背をむけ、流依を連れて駐車場に停めていた車にむかった。

「……どうするの、高度医療センターに行くことにするの？」

頭上からは真夏のスペインの強烈な太陽が降りそそいでくるなか、流依はクリスティアーノに問いかけた。

「おまえはそのほうがいいと思うのか?」

「あんたにとってはそのほうがいいと思うよ。闘牛士としてでなく、人として愛せる人をさがしなよ。俺よりもいいやつを……」

「俺がイヤになったのか?」

違う、本当はすごく好きだ。だから怖い、これ以上、彼を好きになったら、その闇に入りこんで、もう戻れない気がするから。そう、もっと傷つきそうな気がするから。だったら身代わりだということにして、今のうちに距離を置いた方が……。

「どうせ俺はトニの身代わりだろ」

身代わりではないとホセは言っていたけれど……。

「オヤジに訊いたのか」

「ああ」

うなずくと、クリスティアーノはくすりと笑った。

「本当は俺が闘牛をするの、イヤだったの?」

「最初はな。これ以上、悪の犠牲者を増やすのがイヤだった。闘牛には惹かれる。だがトニの死があまりにも辛くて」

「だからあんな質問したんだね。闘牛は善か悪かって」

「多分」

「今もそう思ってる？　今も辛い？　闘牛は悪だって思ってるの？」

その問いかけに、クリスティアーノはなにも言わず、うつむき、小さくため息をついた。

「わからない、悪のように感じるときもある。だが善とは感じない。それでも闘牛には惹かれている。離れることはできない。その複雑な気持ちのなかにおまえとトニが共存している」

「どういう形で？」

「トニのことを思うと、闘牛から離れたくなるのに、おまえのことを考えると、獣の目をした生命力に満ちた姿に心が震えてしまう。もっとその目が見たい、もっと輝く姿が見たい、と。だからおまえを犠牲にしないために闘牛士の医師になろうという気持ちになる」

「……っ」

闘牛というのは何なのだろう。互いに激しく惹かれているが、二人の間に必ず闘牛というものが存在する。ただの人間同士というのではなく。

だからだんだんわからなくなる。

このひとを愛している。このひとが大好きだ。このひととずっと一緒にいたい。

でも不安がつのる。惚れられるのは嬉しい。だけどそれはこの人を死神の呪縛《じゅばく》から解放できないことにつながるのではないか。

このひとは高度医療センターに行って、母親が勧めていたみたいに、アフリカの紛争地や感染症流行の地域で、多くの飢えた子供や病人を救うための医師になるべきではないのか。世界にもっとこのひとを必要としている人がいるのに。自分なんかのために、闘牛士専門の医師という、小さな世界にとどめていいのか。

「なら、別れよう。俺、闘牛士ではなく、浅木《あさぎ》流依として愛されたいから」

車に乗ると、窓の外に視線を彷徨《さまよ》わせ、流依は前髪を指ですくいあげた。

「何だ、その単絡的思考は……。おまえは闘牛士以外の何者にもなれないだろ。それなのに、どうやってそれ以外の形で愛せっていうんだ」

「そういうのがイヤなんだ、闘牛士以外の生き方ができないのが。ホセもそう、あんたもそう、闘牛にとり憑かれた人達の中にいることにウンザリしてきた。俺はふつうの人生が歩みたい」

そう言ったとき、ハッとした。ふつうの人生、そう、二人の間に、闘牛を介在しない愛が見えないから不安になるのだ。生と死のはざまに立つ以外に方法がないから。

「ふつう……確かに俺もふつうの医師を目指したことがあったよ。闘牛に惹かれながらも、他の世界の人間から残酷だと罵倒《ばとう》され、大事な仲間を喪って、それでもやっていく価値はあるのか悩み、ふつうの医師を目指した。そのほうが楽に生きられるからな。だがそんなとき、おまえが現れた。俺の心を奪う闘牛士に成長したおまえが」

「……」

「おまえは救世主なんだと、あのとき、実感したよ。オヤジがどうしておまえに心血を注いだのかもわかった。俺もそうだ、おまえを助けることができ、救われた。ようやくトニの死を乗り越えられた」

救世主……身代わりの次はそれ。喜んでいいのか、それとも嘆いていいのかわからない。

「おかしいよ、二人とも。わけわかんないよ。俺、一度ふつうの人間として愛されたいんだ。だからあんたとの関係を終える」

流依はぼんやりと路肩に植えられた花を見つめた。背丈以上の夾竹桃《きょうちくとう》の花が咲いている。涙が溜まりそうになって、その花が少しずつぼやけてきた。

流依は視線を落として言った。

「俺も……ふつうに人を愛したい。自分が淋しいから、ホセを父親にして、自分が淋しいからあんたを好きになりそうになった。でも、そういう理由以外で人を好きになりたい」

するとクリスティアーノが右手で手首をつかんできた。

「明日……明日の闘牛はどうするんだ」

「……っ」

「出るのなら、たとえ俺からおまえが離れたとしても医師としてスタッフに加わる」

「この期《ご》に及んでまた明日の闘牛の話か」

囚われすぎている。喪失のせいなら哀しい。それが理由なら解放されるべきだ。

この人にはもっと大きな世界で医師として活躍して欲しいから。

「明日はセビーリャでの闘牛じゃないか。俺に最高の闘牛を見せろよ」

「クリスティアーノ……」

「闘牛場でどれほど輝いているか、どれほど美しいか、どれほどの男なのか見せつけろ。おまえはわかっていない、俺が医師として助けたいのはおまえなんだから」

「な……」

「わからないのか、それだけ闘牛中のおまえは美しいんだ」

「おかしいよ。闘牛に狂っているのはあんたじゃないか。愛、情熱そして狂気……それってあんた自身じゃないか。闘牛狂にもほどがある。あんたの人生に巻きこまないでくれ」

流依は信号で停まったすきに車から降り、タクシーに乗り換えると、スマートフォンをひらき、「しばらく連絡は取らない」とクリスティアーノにメールを送信した。

少し冷静になりたかった。一人になって、この男がどうすべきか自分がなにを望んでいるのか考えるためにも。


「待って、待ってちょうだい、あの子、どうするって」

翌日、闘牛のため着替え用のホテルにむかうと、柱の陰で待ちかまえていたのか、クリスティアーノの母親が声をかけてきた。

「知りません、本人に訊いてください」

「ねえ、どうせならあなたも闘牛士なんてやめなさいよ。聞いたわ、ホセがトニやクリスティアーノの身代わりに、天涯孤独のあなたをひきとって育てたんでしょう？　……大変だったでしょう、かわいそうに」

「え……」

流依は首をひねった。

かわいそう――――？

「あごに怪我のあとが残っているわ。あなたは人気急上昇中の闘牛士だって聞いたけど、毎日毎日牡牛と闘って、嬲《なぶ》りものにして惨殺して、残酷なことさせられて。あなたの手がそんな血で汚れていると思うとかわいそうで仕方ないわ」

世間一般の考えは、この女性が思っている通りなのだろう。

実際に見た人のなかでも、吐き気がした、残酷だ、信じられないとブログやSNSに綴っている人も多い。スペイン人自身も、いわゆるインテリ階級にいる人達は、闘牛のせいでスペインが先進国からバカにされていると思っているようだ。この年になり、少しずつそのことがわかってきた。それでも自分はここで生きていきたい。

「嬲って惨殺なんて……俺……そんなことしてないから」

「ええ、ええ、あなたはそんなふうにしたつもりはないでしょう。でも外の人間から見るとそう見えるのよ。観客たちが笑いながら見ている前で、牛を血まみれにして殺すなんて本当に考えられない」

違う、違う、違う、そんなことしていない。むしろ精一杯敬意を払って殺してきた。

命には命を。命をかけて。

俺は間違ったことなんてしていない。

牛を殺す以上は、俺も最後まであきらめない、そう思って闘ってきた。

クリスティアーノは、そのときの流依の目に惚れたと言っていた。

(惚れた……そうだ、クリスティアーノは俺の目に惚れたと言っていた)

そのとき、流依はハッとした。大事なことに気づいたからだ。

彼が喪失に囚われていることに哀しみを感じていたが、違う、そうじゃないのだ。

俺が命がけでがんばっている姿に惚れてくれたのだ。

そしてそのために医師でありたいと思ってくれているのだ。

そうだ、客観的に考えたらわかる。この人が自分に他の世界で生きろと言っても、流依の考えは変わらない。一般論や正論、正義をかざした形で言われたところで、流依が闘牛士でいたい気持ちを奪うことはできない。同じように、彼も彼の意思で今の医師としての人生を選んだのだ。一般論や正論なんて関係なく。

「どうしたの、私、なにかひどいこと言った?」

だめだ、涙が止まらない。

「俺……闘牛を悪だなんて思ってませんから。俺は闘牛士だから。誇りをもってこの仕事をしている。俺は命に対して命がけで闘っている。嬲りものになんてしていない。そしてそんな俺を理解し、愛してくれる人がいる。だから闘牛士をやっているんです。クリスティアーノもそうです。闘牛が好きで、そのために闘牛士を守る医師になった。はっきりそれがわかりました」

そうだ、彼は闘牛が好きだから。

彼が守りたいもののために医師になった。そのとき、彼は乗りこえたのだ。トニの死を。流依がそうさせたと彼が言っていたではないか。彼がどういう形で人を愛そうと、それが間違いだなんてことはない。今までそれがわからなかった。

(俺は……もちろん彼には大きな世界で活躍して欲しいと思うけど……)

だけど彼が守りたいものだって、大切なものだ。スペインの国技。スペインの伝統。世界中から、時代遅れだ、虐待だと非難されようと、自分もその世界で命をかけている。

(言おう、はっきりとクリスティアーノに。どんな形でもいい。一緒にこの世界で生きていこうと)

セビーリャの大学病院。ホテルを飛びだし、流依はクリスティアーノのいる外科病棟にむかった。

「どうした……何でこんなところにきている。もう午後二時だぞ」

「わかっている。準備を始める時間なのは。でも…」

闘牛士は、闘牛が始まる二時間前にはホテルの一室にこもり、黄金の衣装と呼ばれる服に着替えを行う。

もちろん、その前のシエスタでは十分に休養をとって身体を休める。でなければ、炎天下の中、大観衆に囲まれ、六百キロもある牛と命がけで闘うことはできない。

「闘う前に、あんたのものになりたくて」

「闘う前には抱かないぞ」

鋭利な双眸に見据えられ、ずくりと身体の芯が痺れる。

どこか酷薄な印象を感じさせる切れ長の濃紺色の眸《ひとみ》。

「これからも闘っていきたいし、闘うたびに欲しいのは……あんた……だから」

彼は何も返してこなかった。

しばらくこちらを見据えたあと、息を吐き、口元に冷笑を浮かべる。

「ひらきなおったのか、それとも今度こそ目覚めたのか」

「目覚めたと思う。俺があんたを好きで、あんたが俺に惚れたこと以外、どうでもよくなってきた。それでいい、あんたは……未熟でも中途半端でも、ただただ一途に闘牛を愛している俺の姿に惚れたんだろ？」

「ああ、惚れた。おまえが怪我をしたのを救ったとき、ようやくトニから解放された。自分を助けた彼のため、贖罪して生きていくつもりだったのに、それよりもこれから生きていく闘牛士のためにすべてを捧げたいという気持ちになった」

「俺のために？」

やはりそうなのか。

「トニでもなく、自分の幻影でもなく。本物の獣の目をしたおまえに。将来、英雄と呼ばれる男に」

クリスティアーノは迷いのない目で流依を見た。

英雄――フィグラ。

正闘牛士《マタドール》のなかでも一握りのものにしか与えられない称号。

この男の目。自分を救世主と言ってくれた。この男を迷いから救い出したのが自分の闘牛なら、自分も迷わない。たとえ世間が闘牛をどれだけ非難しても、自分は一流を目指してやっていく。

「フィグラになる。どんな噂が出ても義父さんに迷惑かけないほどの。だからもっと深く俺を愛してくれ」

誓うように言うと、クリスティアーノは切なげな色を眸に浮かべた。どうしようもないほど愛しいものに向ける目……というのか。これまで感じたことのない狂おしげな視線に全身が焙《あぶ》られていくように感じた。そんな流依を見つめたまま、ふっと彼が口元に薄い笑みを刻む。

「……ああ。おまえの奴隷になってやる」

立ちあがり、静かに歩み寄ってくると、クリスティアーノは流依の胸に手のひらを近づけてきた。うっすらと漂う彼特有の薬品臭が、自分の纏《まと》ったコロンの香りを凌駕《りょうが》していく。

「フィグラになれ。おまえが闘牛をするたび、何度でも俺に惚れさせるくらいの」

その言葉に心地よく酩酊《めいてい》しそうになる。

それなら自分はこの男に永遠に愛される資格がある。

この男は、命がけで闘う闘牛士しか愛せない。その愛の対象は、ただトップにいるだけでなく、いつ牛に殺されるかわからないぎりぎりの闘いをする死に憑かれた闘牛士だ。

その手で蘇生《そせい》させる可能性がある闘牛士――それ以外、愛せない男だから。

(だからこそ俺は闘う。いつでも愛してくれる、いつでも大切に思ってくれるのがわかるから)

さっき、この男の母親に反論したとき、自分もクリスティアーノと同じように闘牛という闇に囚《とら》われていることに初めて気づいた。

ようやく自分のなかの本気と狂気の共存に気づくことができた。

愚かで、残酷で、時代遅れで、スペインの汚点、恥…と文化人達が忌み嫌っている闘牛の世界。

世界中の動物愛好家から罵《ののし》られ、何年か前バルセロナを含むカタロニア州では闘牛が興行できないという法律が可決された。残酷な悪と捉えている人がいるならそれでいい。世界中がそう思ってもかまわない。

そんな世界でそれでも生き、そんな世界でただただ闘牛士しか愛せない男。彼の呪いを背負って自分はフィグラを目指す。

そう決意した。

(俺はあんたが愛しい。俺が散ったときはその手で埋葬してくれる。そして俺が散りかけたときはその手で蘇生させてくれる。そんな相手と永遠に恋愛していくのが俺の選んだ世界だ)

流依は義兄にほほえみかけた。どうしたのだろう、涙が出てくる。幸せな、透明な涙。

「いつでもそばにいて」

「おまえがいやがってもそうする。倒れたときは俺が助ける。だからこの先も獣の目をして闘うんだ」

「ああ」

「必ず、命を救ってやる。だから安心して最高の闘牛を見せろ。命がけの、俺の胸を焦がすような。何度でも惚れるような」

セビーリャのマエストランサ闘牛場。

故郷での凱旋だった。医者用の待機席にクリスティアーノが座っている。

その中央に立ち、彼を見つめたとき、流依は自分がどうやって生きていくか、自分が何のために生きていくか、誰のところが自分の故郷なのかはっきりと感じた。

そして……これまで感じたことのない恐怖が全身を駆け抜けていく感覚を味わった。

彼に感動して欲しい。

ああ、自分の愛している男があんなにも美しく輝いている。そう思って欲しい。

流依はムレータと剣を手にしながら、帽子を手に、防壁のところに行くと、クリスティアーノに差しだした。

今日は新たな出発の意味をこめ、白い衣装を身につけている。

普通に生きていく人生への別れ。本当の意味での闘牛士人生の始まり。

「この闘牛をあなたに。誰よりも愛しい義兄、そして俺の命を助けてくれる医師、俺の人生を支配する神……」

そのとき、ゲルニカの牛の意味が何となくわかった気がした。

闘牛はどちらにもなり得るのだ。その人間の生き方によって。悪にも善にも。

だから自分にとっては悪ではない。決して間違ってはいない。なぜなら、ここで自分が生き

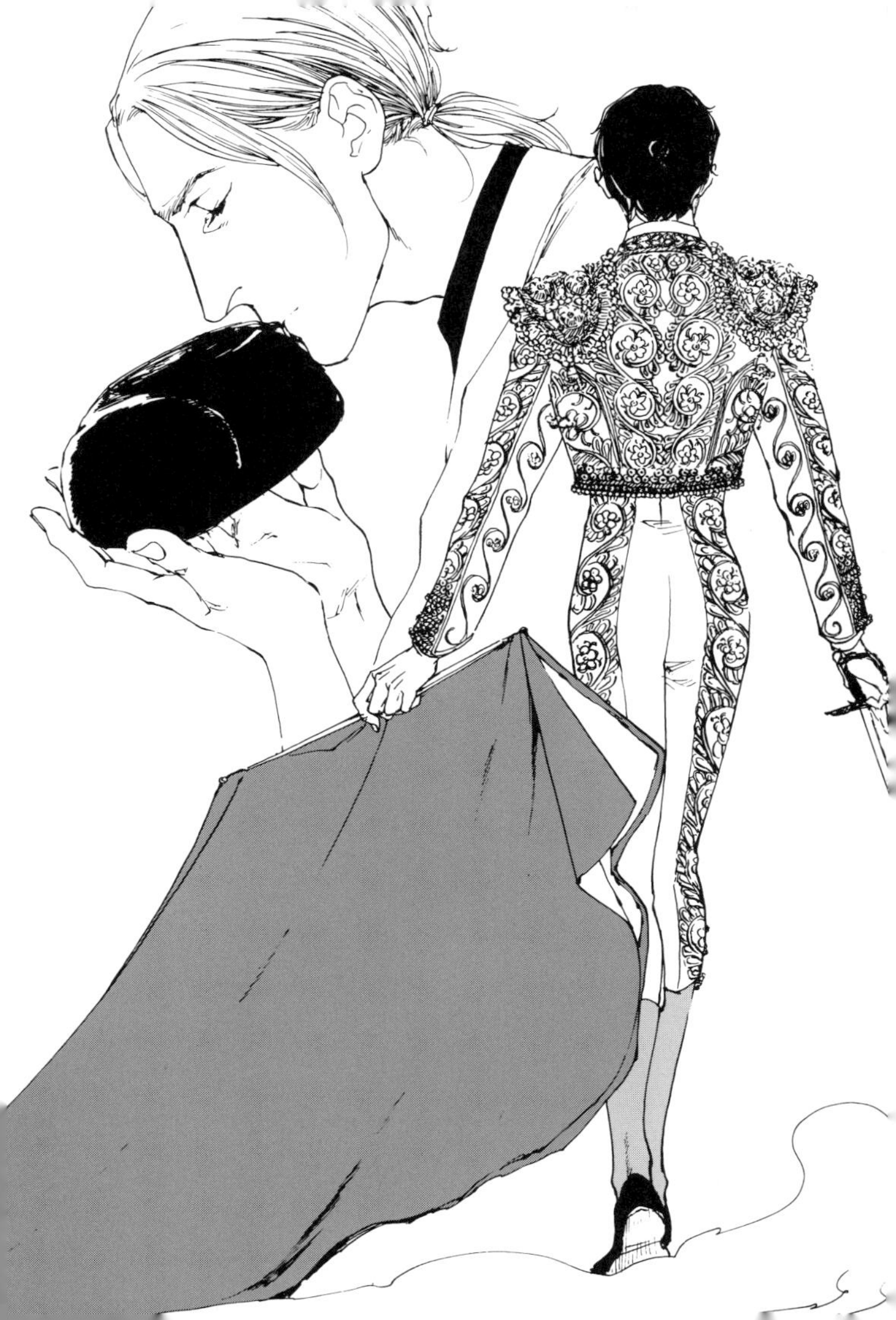

て、愛する人がいて、幸せだと思える人生を過ごしているから。

それを少しでも証明していきたい。そんな思いが湧いてくる。それこそが自分がこの世界で生きていく意味、きっとこの世に生まれてきた理由のように感じるから。

「最後まで見ててくれ、義兄さん」

「ああ」

座席から立ちあがったクリスティアーノがいつもの少し冷たそうな、それでいてどこか幸せそうな眼差しで流依を見つめている。

流依の手から離れた黒い帽子が弧を描いてクリスティアーノの手に渡ったとき、自分が身代わりでも何でもなく、一人の人間としてしっかりと彼から愛され、ここで生きているのだという実感を抱いた。

帽子をうけとり、クリスティアーノはいつも流依にしているように愛しそうにその帽子にくちづけした。

この人がいればそれでいい。

この人を感動させ続ける。それが自分の人生だ。

あとは……美しい命知らずの闘牛士として、歩むだけ。

医師と闘牛士という形でしか愛しあえないならそれでいい。むしろなによりも強い絆で結ばれているように感じる。

（こうしているとはっきりとわかる。これが俺の人生なんだって。クリスティアーノのいるところにいればいいんだって。それ以外に生きる場所はないんだって）

闘牛場の中央に立つと、目眩《めまい》がしそうなほどの光に一瞬、目がくらんでしまう。

アンダルシア地方の午後の太陽はいつもそうだ。

いつも狂ったように人を灼き、なにもかもどうでもよくなるほどの熱さに酔わせていく。そんな太陽がとても好きだ。

けれどそれよりも流依を熱く酔わせてくれるのは義兄クリスティアーノへの思いと自分の決意、そして未来だ。

ゆっくりと目をひらくと、黄色い地面に自身の大きな濃い影が長く伸びていた。

マエストランサの午後の太陽が上空から流依を灼いている。

じりじりと肌が焦げていく感覚。

地面にはくっきりと光と影の境界線ができていた。闘牛をしているうちに、少しずつ太陽が移動し、やがて終わるころに空には星がまたたき始め、すべての闘牛場の地面が影に覆われる。

たったそれだけの時間にすべてが始まり、すべてが終わる。

これから消えていく命が自分なのか牛なのか――太陽が消えていく瞬間にはもう終わっているのだ。

だからこそ一瞬一瞬を大切に、この刹那を命がけで闘う。

闘牛場の片隅でじっと自分を見ている男のために。彼からの狂おしい愛を得られる幸福のために。

そう思いながら、流依は赤いムレータを揺らした。

ラブ＆ホース

Love & Horse

その日、ルシートは、彼――ラファエルに助けられなければ確実に命を落としていただろう。

あれは――アンダルシアの夕陽《ゆうひ》を浴び、麦の穂がきらきらと黄金色に輝く黄昏時《たそがれどき》のことだった。

地平線まで続く広々としたアンダルシアの大地が金色に煌《きら》めくなか、ルシートは麦畑にぐったりと倒れこみ、ぼんやりと雲ひとつない夕空を見あげていた。

片方の目が見えない。それに下半身がずきずきと痛んで身動きがとれない。

そんなルシートのまわりを、神妙な顔つきの数人の男性たちが囲んでいる。

「もう駄目だな。こんな身体になったんじゃ、使いもんになんねえよ。いくら綺麗《きれい》な容姿をしていても、これでは売り物にも使えない」

ひときわ背の高い男性がルシートを見下ろし、残念そうに呟《つぶや》く。この長身の男性は、ルシートの飼い主である。生まれたときから、ルシートは仲間たちとともに、美しく成長するようにとずっと彼の世話になっていた。

「しかたない、こいつはどうせ父親のわからないガキだ」

「そうだったな。こいつの母親――ディアナも、その名のとおり、月の女神のような美しさだったが、ここを脱走したときに、どこの馬の骨ともわからないやつに犯されて、孕《はら》まされちまった」

「ああ、あれは残念だったな。そのときにできたのがこいつだろう？　血統もわからないし、こいつをこのまま育てても金の無駄になる。かわいそうだが、楽にしてやったほうがいいだろう」

楽にしてやる——その意味がルシートにはわからない。ただ怪我《けが》のせいで、もう使い物にならないと宣告されているのだけはわかった。

ルシートが怪我をしたのは、ついさっき、三十分ほど前のことだ。

牧場で遊んでいると、いきなり闘牛用の牡牛《おうし》が柵《さく》を破って突進し、まだ幼いルシートを踏みつけにして去って行ったのだ。衝撃のあまり左側の目がつぶれ、左脚の腿《もも》には牛の角がひっかいていった大きな傷痕《きずあと》ができてしまった。

そこからどくどくと血が流れ、もがいても立ちあがれず、ルシートは倒れたままだった。

「この場で薬殺したほうがいいだろう。運ぶのも大変だしな」

「おい、ルシート、今からおまえを眠らせる。次に目が覚めれば、母親のいる天国だ。あの世で、ディアナによろしくな」

薬殺処分——その言葉の意味もよくわからなかったが、自分がこの世から消えて、母親のいる場所に行くのだということだけはわかった。

「ディアナも早死にしちまってかわいそうだったな。あの世で母子《おやこ》仲良く暮らすんだ。じゃあ、先生、たのんだよ」

長身の男にうながされ、白衣を着た男性が鞄《かばん》を開けたそのときだった。

「待って、待ってよ、お父さんっ！」

突然、遠くから大きな声が聞こえてきた。麦畑の間を走り抜け、金髪の少年がやってくる。

綺麗な風貌《ふうぼう》の少年――彼は、ルシートの飼い主の一人息子で、名をラファエルという。

人里離れた牧場ではなく、きちんと都会で教育を受けさせたいという母親の希望で、遠くのバルセロナにある有名私立中学校に通っていたが、最近、急に父親の牧場を継ぎたいと言いだして、母親の猛反対を押し切り、この地に帰ってきた。

ルシートが生まれたときにも、彼はそばにいたらしい。ルシートという名を彼がつけてくれた――ということはあとで知った。

将来光り輝くようにと、『光』を意味するルスからルシートと名前をつけてくれたそうだ。

「お父さん、お願いだからルシートを殺さないで。この子、こんなに綺麗な黒い毛をしているんだよ。脚の形だって、身体の形だって綺麗なのに、殺すなんて」

「だが左脚は治るにしても片目が見えなくなったんだ。なにより誰の子かわからないんだぞ」

「ぼく、ルシートがいいんだ。ぼくがこの子を育てるから。牧場に帰ってきたら、好きな子をくれるって言ったじゃないか。ぼく、ルシートが欲しくて、牧場を継ごうと思ったんだから」

「おい、待て。どうせ育てるなら、もっといいやつにしろ。こいつは血統も不確かだし、こんな身体になっちまって、将来、おまえを乗せることができるかどうか」

「でも、ぼくは、ルシートがいいんだ。立派な大人にするから。お願い、この子を殺さないで」

涙をぼろぼろと流しながら、ルシートの前に立ちはだかり、必死に懇願《こんがん》するラファエルをじっと見つめたあと、飼い主の父親は、やれやれと大きくため息をつき、彼のふわふわとした金髪をくしゃりと撫《な》でた。

「じゃあ、こいつの命は、ラファエル、おまえに託すよ。生き物を育てるからには、ちゃんと責任を持つんだぞ。いいな」

父親がそう言うと、ラファエルはふわっと笑みを浮かべ、ルシートの首に抱きついて、ちゅっと音を立ててキスをしてきた。

「よかった、ルシート。もう天国に逝《い》かなくてもいいよ。ぼくと一緒に生きていくんだ。ぼく、きみが生まれてから、毎日、きみの夢を見るんだ。きみがどんどん成長する夢……夢のなかではぼくよりも大きいんだよ」

優しい笑顔で言う彼をきらきらとした夕陽が明るく照らしている。見ていると、目の痛みや腿の痛みも消えてしまいそうなほど神々《こうごう》しく美しい笑みだった。

「ルシート、ぼくは、将来、お父さんのように立派な騎馬闘牛士《レホネアドール》になって、この牧場を運営していくよ。なによりきみと一緒に闘牛場に出たいんだ」

え？　騎馬闘牛士？　何なのだろう、それは。何のことか理解できなかったが、彼から必要とされていることだけはわかった。

「ルシート、きみは今日からぼくの馬だ。きみはぼくと一緒に世界一の騎馬闘牛《レホネス》をするんだよ」

ぼくの馬——今日から彼の馬になる。

その言葉が耳に届いた瞬間、ルシートの胸の奥が甘く疼いた。

自分は天国に逝かなくてもいい。必要とされている。彼とずっと一緒に生きていく。そして世界一になる。


そのとき、ルシートは彼に恋をした。

*

それから六年が過ぎた。

当時十四歳だったラファエルは二十歳を過ぎ、今やスペインの騎馬闘牛界の若き貴公子と呼ばれるようになった。

ルシートはどういうわけか他の馬よりも成長が遅く、なかなか大人の牡馬《ぼば》にならなかったが、今では立派な外見の凜々《りり》しい騎馬として、ラファエルを背に乗せて闘牛場に出場している。

一般的に、闘牛場で闘う闘牛士といえば、誰もがマタドールを想像するだろう。実際、闘牛界でも、光の刺繍《ししゅう》がほどこされたかっこいい衣装を身につけた人間が赤い布を持ち、剣を手に生死をかけて闘うのが主流である。

一方、騎馬闘牛は、真剣勝負の闘牛と違って、お祭りの遊びのように思われてしまうケースが多い。

そんなことはなく、馬も騎馬闘牛士も命がけなのだが、見た目が美しすぎるのでどうしても、苦労せずに遊んでいるように見えてしまうのだ。

そのとき、騎馬闘牛士は、かつての貴族の貴公子のような衣装に身を包み、馬にまたがり、馬を自分の手足のように巧みに動かして闘牛をする。

馬と人間が一体になってダンスのように優雅に動いて牛を翻弄《ほんろう》する華麗な芸術なのだが、騎馬闘牛のことは意外と闘牛のある国（スペインやフランス等）以外には知られていない。

しかしファンの間では、騎馬闘牛の馬と騎馬闘牛士《レホネアドール》ほど美しいものは存在しない、と常々言われている。馬をこよなく愛するスペイン人にとっては大切な文化のひとつだった。

その上、騎馬闘牛士は、たたき上げの多い闘牛士とは違って金持ちしかなれないと言われている。自分の家に馬用の牧場があり、馬を育てられるだけの財力がある者——貴族や地主の家系の者以外には無理な職業だった。

さらに騎馬闘牛では、馬にも美しさと知性を要求される。

なかでも、ルシートは、左目が見えないハンディキャップをものともせず、左腿の傷痕さえ、美しい装飾のようだと言われるようになり、ラファエルを最高に輝かせる美しい馬として、闘牛雑誌でもよく特集を組まれ、今や映画やドラマへのオファーまでくるようになってしまった。

「すごいな、殺処分寸前だったルシートがここまでの馬になるとは。ラファエルの炯眼《けいがん》には恐れ入ったよ」

彼の父親はルシートとラファエルが闘牛場で喝采《かっさい》を浴びるたび、口癖のようにそう言う。

「ルシートはとても頭のいい馬だからね。愛情をこめて、一生懸命接すれば、同じ分だけこたえてくれるんだ。ぼくの炯眼ではなく、ルシート自身の努力の結果だよ」

どれだけすばらしい騎馬闘牛士と誉《ほ》めたたえられても、ラファエルはいつもそんなふうに自身を謙遜《けんそん》し、ルシートを称賛してくれる。

だからよけいに、ルシートのなかで彼への思いが募っていく。

二十歳になったばかりのラファエルは、今やどこの国の王子さまかというほど麗しい青年へと成長し、以前以上にルシートの心を虜《とりこ》にしていた。

「ルシート、今日もありがとう。いつもきみがぼくの心にすぐに反応して美しく動いてくれるから、ぼくも優雅な気持ちで騎馬闘牛ができるんだよ」

闘牛のあと、ラファエルはルシートの身体を洗いながら、優しい笑顔でそんなふうに言ってくれる。

「毎晩、ルシートの夢を見るんだ。そのなかでは、ルシートはぼくと同じ言葉を話しているんだよ。でも話せなくても、ルシートはぼくの言葉が全部わかっているよね」

はい、わかっています――とこたえたくてもどう気持ちを表せばいいのかわからず、ルシートは尻尾《しっぽ》を軽く振ることしかできない。

「大丈夫、わかっているから。ルシートは、毎晩、ぼくの夢のなかでいっぱい話をしてくれるんだ。だから今は話せなくてもいいよ」

そんなふうに言って、アンダルシアの空の色のように美しい青い目でじっと見つめられると、気恥ずかしくなってしまう。だが一番恥ずかしいのは、見つめられるときではない。彼に下肢を洗われるときだ。

「ルシート、ここも綺麗にしないとね。ぼくが全部洗ってあげるから」

まだ誰とも経験がないとはいえ、すでに成熟したオスになっているルシートのそこは彼に触れられただけで、交尾への衝動がこみあげ、いてもたってもいられなくなる。そのまま彼を襲ってしまわないか、この瞬間になると、毎日、激しい緊張を強いられてしまう。

「……あの、けっこうです。そのようなところをあなたに洗って頂くなんて申しわけないです」

と言いたくても、ルシートの言葉は彼には伝わらない。それに自分では決して洗えない場所だ。

仕方ないので、彼がそこを洗っているときは、心のなかで一生懸命、彼への思いを口にして神聖な気持ちになるよう努力をする。

愛しいラファエルさま。あれから数年が過ぎ、あなたは神々しいばかりに麗しい騎馬闘牛士になられました。

俺は、あなたを背に乗せ、闘牛場に立っているときの一体感がたまらなく好きです。仲間たちが言っているような、交尾のときの一体感というのは、あのような感覚なのでしょうか。だとしたら、俺はいつも闘牛場であなたと交尾をしているようなものですね。だから現実にできなくてもいいです。

だって俺は、観客の喝采《かっさい》を浴び、あなたがきらきらとほほえんでいる姿を見るだけで幸せなのですから。そのとき、俺は生きていて本当によかったと感謝の気持ちを覚えずにはいられないのです。あなたを輝かせるため、あなたのためにがんばります。だからずっと俺のそばにいてください。ずっとずっと俺と一緒に闘牛場に出場してください。

そんなふうに心で唱えながら彼に身体を洗ってもらっていると、彼の従兄《いとこ》で、同じように騎馬闘牛をしているエンリケという男が現れた。

「おい、ラファエル、またルシートの世話か」

黒髪、黒い眸《ひとみ》、いかにもアンダルシアの伊達男《だておとこ》といったもみあげを生やしたこの男は、スペインの女性たちからは、優美な雰囲気のラファエルよりも男らしい荒々しさが魅力だとして人気がある。ルシートから見れば、気取りすぎの恥ずかしい男なのだが、それ以前に、彼の姿を見るたび、獣の本能とでもいうのか、危険警報が鳴り響く。同じオスとしてはっきりと彼の淫《いん》欲《よく》の気配を察してしまうのだ。

エンリケはラファエルを前にすると、必ずオスのフェロモンを最大級に発散させ、今にも交尾がしたいと身体中からうずうずとした匂いをまき散らしている。

いつラファエルが押し倒されても不思議ではない。なのにラファエルとくれば、まだ性的な経験がなにもないせいか、そんなエンリケの邪念にまったく気づいていない。

それどころか、同じ騎馬闘牛士としての尊崇の念と従兄への純粋な親愛の情を抱き、天使のように愛らしい笑顔を振りまいているのだ。そのせいで、相手の「交尾がしたい」オーラが最大級に膨《ふく》れあがるとも知らずに。

「ルシートのやつ、ずいぶん活躍するようになったな」

葉巻を銜《くわ》えながら、エンリケが厩舎《きゅうしゃ》のなかでまじまじとルシートを見つめる。

「ああ、彼は本当によくやってくれているよ。この子が生まれたときから、この子は世界一美しい騎馬になると思っていたけど、やっぱりその通りだったよ」

「だけど血統的には母親が勝手に孕んじまって、それこそどこの馬の骨の子かわからないんだろう？　それなのに、どうしてそこまでこだわるんだ」

「ぼくにはわかるから。彼は神馬《しんめ》の息子なんだよ」

「え……」

「最初からルシートは他の馬とは違うんだよ。知性あり、美あり。ぼくの言葉もわかるんだ。

な、ルシート」

その言葉に思わず、「そうだ」といわんばかりに尻尾を振ってしまう。

「やっぱり」

「こいつはすごいな。本当に神馬かもしれないな。神馬っていうのは、アレだろ？　ウエルバの湿原に、昔から住んでいるという、神の使いと言われている馬だろう？」

「ああ」

神馬――以前から、ラファエルはルシートのことをそんなふうに言う。

そのたび、そうだったらいいのに、いや、神馬でなくてもいい、せめて父親を知りたいと願っていた。「どこの馬の骨」と言われるのはいやだった。

そんな思いから、ある日、放牧中にそっと牧場を抜け、神馬がいるという伝説の湿原をさまよったことがある。

＊

あれは闘牛用騎馬としてデビューしたばかりのころだ。

父親はここにいるのだろうか。だったら知りたい。自分は誰の息子なのか。

そんなふうに思って、神馬がいるといわれている湿原を進むこと小一時間。たやすく神馬が見つかるわけがないと諦めかけたそのとき、後ろからルシートを呼び止める馬の姿があった。

「ルシート、俺に会いにきたのか」

振り向くと、黒々とした毛並みの美しい姿の馬がそこに立っていた。神馬——と言われるだけあり、普通の馬のルシートと違い、その馬の背には鳥のような翼が生えていた。

「俺のこと……知ってるの？」

「当然だ。父として誇らしい気持ちで遠くからおまえの姿を見ているよ」

「じゃあ、やっぱりあんたが俺の母親を強姦した犯人……」

「強姦だなんて、よくそんなひどい言い方を。私とディアナは純粋に愛しあったからおまえができたんだぞ」

そのとき、一瞬、彼の背後に、美しい人間の男女が抱きあっている姿が見えた。何という神々しさか。美しい黒髪の男性と同じく美しい黒髪の女性が幸せそうに抱きあって、交合をくりかえしている光景だった。

「あの……今のって」

「見えたのか。あれが私とディアナの姿だ」

「あんたも母さんも人間に見えたよ」

「ああ、おまえの母親も神馬の血族だからな。私もそう。我々は他者と愛しあうとき、人間の姿になるんだ」

「え……俺、人間になれるの？　じゃあ、人間と交尾することも可能なの？」

「ああ、その場合は相手がおまえの正体を知った上で愛しあわないと無理だが」

「でも……人間の姿にどうやって……」

「身体から愛があふれるときだ。そのとき、愛する相手と結ばれたら、おまえは、この先、その相手と愛の行為をするときだけ人間として過ごすことができるようになる」

「愛があふれるときって、一体いつ……」

「わからない。そのときにならないとな」

「それに愛しあうってことは、相手からも愛されないといけないんだよね」

「ああ。しかも互いに無垢なままでなければならない」

「無垢……」

「そう、我々はユニコーンの血もひいているからね。たがいに初めて同士、清らかな状態で愛の行為を営まないと、おまえは消滅してしまうんだよ」


無理だ。そう思った。馬だと知られたままラファエルから愛されることなんて。

しかも一体、いつ愛があふれるのか。いつだって、ルシートはラファエルを愛しているのに、これ以上、どうやって愛をあふれさせたらいいのかがわからない。

しかも初めて同士でなければならないとは、何というハードルの高さか。

果たして、ラファエルが自分を愛してくれるかどうか。

おそらく彼は誰とも性行為を営んでいないと思うが、ルシートの知らないところで、誰かと交尾をしていれば、彼を抱いたとき、ルシートはこの世から消滅してしまう。

それでも彼と愛しあいたい。ずっとそんな思いを胸に抱いてきた。

一体、いつになったらそんな日がくるのだろう。そんな日は永遠にこないかもしれない。それどころかルシートが見ている前で、彼が別の人間を愛し、結婚したらどうなるのだろう。

よくよく考えれば、彼とルシートは双方ともオスである。

オスとしてオスの、しかも馬から人間になるような奇《き》っ怪《かい》な自分を愛してくれるだろうか。

ああ、ハードルが高すぎる。

自分が人間になって彼と愛しあうなんて夢のまた夢だ。

日々、そんなふうに煩悶《はんもん》しているルシートとは裏腹に、エンリケはといえば、ぎらぎらと性欲をみなぎらせ、いつ、ラファエルを押し倒そうか算段している。

それがルシートにはダイレクトにわかって、どうしようもないほどイライラさせられる。せめて自分の前で彼に迫れば、この強烈に美しい健脚で、彼の背を蹴飛《けと》ばしてやるのだが、もし自分のいないところで——と思うと、いてもたってもいられない。

焦げそうな思いに身体が灼《や》かれたようになる。

いっそ馬のまま彼を犯してしまおうか、そんな衝動が湧《わ》いてくるときもある。

だが、そんなことをしたら、命の恩人で、ここまで育ててくれたラファエルの心を深く傷つけてしまうだろう。

それだけは絶対にできない。でもこのままだとエンリケになにかされてしまわないか。

そんな不安をかかえていたある日、ついにそれが現実のものとなるときがきた。

いつものように厩舎でラファエルがルシートを洗っていると、脚を怪我したエンリケがふらふらとやってきた。

「ラファエル、見てくれ。この怪我」

「ああ、今日の騎馬闘牛で傷付いたんだよね。化膿してない？」

「大丈夫だ。しかしこれだとルシートとそっくりだな」

「あ、ああ、同じ位置に怪我をしたんだね」

ラファエルがそう言って、彼の腿の傷を見ようとしたそのときだった。

「ラファエル、俺では駄目か。同じ怪我をしても、俺ではルシートになれないか」

突然、エンリケがラファエルの手をひっぱり厩舎の外に出て行こうとする。

「待って、エンリケ、前にも言ったけど、ぼくはきみにはそんな気持ちに……」

前にも言っただと？　前から、エンリケのやつはラファエルを口説いていたのか……と思うと、めらめらとした激しい憎悪の焔《ほのお》が全身を逆巻く。そんなルシートの前で、エンリケはラファエルを壁に押しつけた。

「ラファエル、ルシートは馬じゃないか、どうして俺より彼のほうがいいんだ」

え……。今、なんて——。

エンリケの言葉に、ルシートは耳を疑った。

「ただの馬じゃない。神馬だよ。騎馬闘牛士にとって、馬は自分の分身だ。ぼくにとっては、ルシートがすべてなんだ」

「だが、騎馬闘牛は一頭だけでやってるわけじゃない。おまえだって、他に何頭もの馬がいるじゃないか。変だぞ」

「ルシートは特別なんだ。言っただろ、彼が産まれたときからずっと夜になるとルシートの夢を見るって。人間になったルシートと恋に堕《お》ちてしまう夢。確かにぼくは変だ……でも夢のなかで愛しあっている相手は、馬のルシートじゃなくて、馬から人間になったルシートで」

えっ、人間になった俺？

なに……それ予知夢ですか？　もしかして、ラファエルさまは人間になった俺と恋がしたいのですか？

ではでは、もう悶々《もんもん》としなくてもいいのですか？　俺たち、相愛なんですか？

鼓動が胸壁の下でどくどくと高鳴る。

ああ、今すぐ抱きつきたい。俺、愛があふれたら人間になれるんですよと伝えたい。

だが動こうにも、係留用の鎖でつながれているため、大きく動くことはできない。

「やっぱりおかしいぞ。いつもいつもルシートルシートって、人間が愛せないのか」

壁に押しつけられたまま、ラファエルが切なげにルシートを見つめる。

「……ぼくはちゃんと人間を愛しているよ。ただ駄目なんだ、夢のなかの人間になったルシートしか愛せなくて……」

彼がそう言った瞬間、こちらに背中をむけたまま、エンリケがラファエルの首筋に顔をうずめ、シャツをたくしあげた。

「待って、やめて……エンリケ」

「安心しろ、なら、俺が忘れさせてやる。妄想のなかで馬とやるよりも人間との恋愛のほうが楽しいって」

「別にぼくは馬とやるなんて……や……やめ……やっ……エンリケ……」

藁《わら》の上にラファエルを押し倒し、そのシャツをはだけさせ、エンリケが胸に顔をうずめている。もがくラファエルの口を押さえ、彼の脚の間に入って。

助けなければ。ラファエルさまを助けなければ。必死だった。必死になって、ルシートは前肢を高く振りあげた。

次の瞬間、後ろからエンリケの背を蹴飛ばしていた。

「う……っ」

呻《うめ》いて、エンリケがうずくまる。

「くそ……このバカ馬が。よくも……」

「エンリケ、出て行ってくれ。もう二度とここにこないで」

背を庇っているエンリケを厩舎から追い出し、ドアを閉めたあと、ラファエルはふりむいて、大きく目を見ひらいた。

「え……ルシート……きみ」

声にならない様子で、服を乱したまま、その場でがくがくと震えている。

「ラファエルさま、俺は……」

そう言いかけ、自分の声がいつもの馬のいななきではなく、人としてのそれだと気づいたルシートは、自分の両手両脚を見て、愕然《がくぜん》とした。

人間になっている。人間の手だ。人間の脚。それから人間の……。

首につけていたハーネスがすっぽりと身体から抜け落ち、ラファエルの前に裸体のまま立っているのだ。

「あ……ルシート……きみ……まさか」

大きな目をさらに大きく見ひらいて、ラファエルはルシートに抱きついてきた。

「……ラファエルさま……あの……俺」

「ああ、やっぱり夢のとおりだ。言っただろう、子供のときから、ずっときみが夢に現れるって。ああ、夢のなかではいつでもきみは人間だったけど……やっぱり予知夢だったんだね。夢のきみ、そのままだよ」

「そ……そうなんですか。では昔から……ずっと」

「そうだよ、だから現実のきみが人間になるのをずっと待っていた。よかった、きみもぼくのことを愛してくれていたんだね。人間にならなかったらどうしようと不安でいっぱいだった。きみが愛をあふれさせてくれるのを待っていた」

ルシートの胸に顔をうずめ、涙を流しながらラファエルが呟いた言葉に、ルシートは信じられないものでも見るような顔で硬直していた。

「あの……愛をってどうして」

「きみのお父さんからそう言われたんだ、きみが神馬の血をひいているのじゃないかと思って、一度、湿原をさまよったとき。きみは愛があふれたときだけ、人間になれるって。ただし互いに初めてでなかったらきみは消滅してしまうって」

「……ご存じだったのですか」

問いかけると、ラファエルは淡くほほえんでうなずいた。

「昔からずっときみが好きだった。どうしてきみしか好きになれないのかわからないけど、きみと一緒にいつも一体になっていたいんだ。昼間は闘牛場で、夜は……ベッドで」

「それ……本当ですか」

まさかまさか。ルシートの鼓動がどくどくと音を立てて高鳴る。

こんなことがあっていいのだろうか。これは都合のいい夢ではないだろうか。

「ごめんね。おかしいだろう、自分でもわかってるんだ。ただどういうわけか、昔から、きみが人間になる夢を見るようになって」

ラファエルは恥ずかしそうに視線をずらし、苦い笑みを浮かべた。

確かに昔から彼は毎日のようにルシートの夢を見ると言っていたが、まさか人間になった姿の夢だったとは想像もしなかった。

「変なんだ、ぼく……。昼間は馬のきみと騎馬闘牛をして、夜は人間のきみの腕に抱かれて淫《みだ》らなことをして過ごす……そんなことばかり考えて……おかしいだろ」

「いえ、おかしくないです。俺……うれしいです、そんなふうに思って頂いていたなんて」

「本当に？」

「はい」

ルシートがうなずくと、ラファエルはほっとしたような顔で微笑する。眸《ひとみ》には涙がにじんでいる。

「よかった、ぼくは……昔からずっときみが好きなんだ。きみと一緒に騎馬闘牛をしていると、身体が内側から熱くなって、きみが音楽にあわせてギャロップするとぼくの心もはずんで、きみが牛に追われていると何としてもきみを助けなければと思ってしまう」

「それは俺も同じです。あなたを背に乗せてギャロップしていると、あなたの楽しさが伝わってきて俺も楽しくなりますし、牡牛と闘っているとき、あなたを何としても助けなければと思うと、ものすごく俊敏に動けるんです。なにより美しく輝くあなたが好きだから、俺も一緒に馬として駆けられるんです」

「ぼくは騎馬闘牛士で、きみは馬なんだから当然だよ。でも……馬じゃないきみにも触れたかった。いつきみが愛をあふれさせるのかずっとずっと待っていて」

ぽろりと眸から大粒の涙を流したラファエルをひきよせると、ルシートは生まれて初めてその唇を吸った。

「ん……ふ……っ」

互いに舌を絡ませあいながら、はだけさせられかけていた彼のシャツをそっと脱がし、肌と肌とを重ねていく。

生身の人間としての肌と肌。こんなにもあたたかいのかと初めての皮膚のぬくもりを感じながら、彼を押し倒していくと、ちょうど厩舎にある鏡に、人間になったルシートが映っていた。

片方の目はふさがっているものの、黒髪、黒い眸をした、これ以上ないほど美しい人間の男がそこにいた。馬としての美は、人間としての美にも通じるのかと思いながら、彼の身体にの

しかかり、唇にキスをくりかえしていく。これが彼の唇の味なのかと思うと愛しさが募り、狂おしいまま、積年の思いをこめてキスしたあと、彼の胸に手を添え、その乳首に指で刺激を与えながら、もう一方の手で、いつも彼が自分に触れているようにその性器を包みこむ。

「ん……っ」

手のひらのなかで少しずつ膨らんでいく彼のもの。濡《ぬ》れた先端を弄《いじ》ったとたん、恥ずかしそうに身体をすくめる彼の反応が初々《ういうい》しくてたまらない。

「や……っ……あ……」

自分もまた初めてなので、どんなふうに交尾をしていいのかわからないが、身体の奥の底――動物としての本能か、身体が勝手に動いた。

「あ……やっ……ん」

なめらかな皮膚。少し触れただけで、たちまち粟立《あわだ》って、皮膚にしっとりと汗がにじみ始める。

今まで感じたことのない彼の肌の香りだった。唇をついばんだあと、そうしたほうがいいという本能のまま、舌先で乳輪に刺激を与えていくと、彼の中心から先走りの蜜《みつ》が滴り始める。

たまらずルシートはそれを口に銜《くわ》えた。

「ああっ……ふ……うっう」

ぐしょぐしょに濡れた性器がルシートの口内で膨らんでいく。それがうれしい。

しっとりとした皮膚も、喉《のど》から漏れる吐息もなにもかもが甘くて心地いい。

「う……っ」

やがて彼の身体を貫いた瞬間、ルシートの腕のなかでラファエルが幸せそうに微笑した。

ようやくつながれた。

そう思ったとき、明日の騎馬闘牛で輝いている彼の姿が脳裏をよぎった。

もっともっと輝かせたい、自分の背に乗った彼を。

そしてもっと愛したい。

そんな気持ちを抱きながら、その日、ルシートは初めて人間となり、愛する相手を腕に抱く喜びを実感していた。

昼は馬となり、夜は人間となって彼を愛していく。

これからはそんな一日を過ごして、スペイン中を感動させるのだと思うと、ルシートはこれ以上ないほど幸せだった。

助けてくださってありがとうございます。あの日、あのとき、助けてくださって。

そんな感謝とともに。


それからしばらくして、闘牛場で美しく輝くふたりの姿があった。

華やかな五月の馬祭りの闘牛大会。シェリー酒の香りが充満する馬の名産地へレスの大会で、美しい貴公子のような衣装に身を包み、ルシートの背に乗るラファエル。

「昨日は……きみ、激しかったからちょっと疲れちゃったよ」

呆《あき》れたように言うラファエルに、ルシートは心のなかで謝罪する。

「すみません、あなたがあまりにもなやましくてどうしようもなかったものですから」

身体をつないで以来、そんなルシートの心の声がラファエルにだけ聞こえるようになっていた。

「まったくしょうがないな、ルシートは。まあ、いいか、そういうところがかわいくてしょうがないんだから」

ルシートにまたがり、ラファエルが呆れたように笑う。彼の重みが身体に加わるこの刹那《せつな》、彼と交尾をしているときのような心地よい快感がルシートの全身に広がり、アドレナリンが全開になる。

「すみません……でもあの今夜も……一緒に過ごして頂けるんですよね」

「どうしようか。今日はちょっとおあずけにしようかな」

ラファエルが首のあたりを手のひらでパンパンと優しく叩《たた》く。

「えっ……そんな……」

悲痛なルシートの声に、ふっとラファエルが微笑する。

「失敗したときはね。反対にすばらしい騎馬闘牛ができたときはご褒美をあげるから。あ、ご褒美がなんなのか、わかってるね？」

問いかけられ、鼓動が大きく高鳴ったそのとき、騎馬闘牛の始まるファンファーレが鳴り響く。

はい、ご褒美くらいわかっています。もちろん、がんばりますとも。ご褒美を頂けるように命がけであなたをお守りします。

そう心に誓いながら、ラファエルを乗せて闘牛場に出ていく。

今日は彼と一緒にどんな騎馬闘牛ができるだろうか。

以前以上の一体感、以前以上の愛しさで愛をあふれさせた闘牛がしたい。そんな思いを抱きながら、ルシートは愛する人と行進する喜びに満たされていた。

AFTERWORD あとがき

—華藤えれな—

こんにちは。このたびはお手にとって頂き、ありがとうございます。

今回は、私の第二の故郷スペイン（最近、ロシアに変わりつつありますが）を舞台にしたオムニバス的な一冊になっています。闘牛士、騎馬闘牛士、元闘牛士……と好きなネタばかりで暑苦しいかもしれませんが、楽しんで読んでいただけたら嬉しいです。

今回のテーマは、タイトルにもあるように『情熱』と『溺愛《できあい》』、それから『光と影』です。

書き下ろし以外の二作は、雑誌掲載時に、せっかくだから冒険してもいいかな？　と思って好き勝手に書いたものなので、文庫化のお話をいただいたとき、「本当ですか？」「大丈夫なんですか？」と何度も担当様に質問した記憶があります。

表題作のスペイン人（ビセンテ）は常識人ですが、それ以外のルシードとラファエルも、クリスティアーノも、さらに脇役の人たちもみんな日本人からすればちょっと変な人って感じですよね。でもその変なところも一緒に楽しんでいただけたら幸いです。そういえば、このうちの一作、スペインで闘牛を見にいったときにホテルで仕上げたものも含まれています。アンダルシア地方の南西部にあるエル・プエルト・デ・サンタ・マリアという町ですが、原稿をあげたあとに見た推《お》し闘牛士の素晴らしい闘牛は格別でしたよ。

今回、素敵なラテン男たちと美しい馬を描いて下さったたえすとえむ先生、ご多忙な中、ありがとうございました。闘牛関係で知り合って十年目。節目《ふしめ》の年にご一緒できまして幸せです。それぞれの推し闘牛士が違うので、最近はスペインで入れ違い旅になってばかりで淋しいですね。またアパート借りて、闘牛三昧《ざんまい》の生活を実現させたいですね。体力のあるうちに。

雑誌掲載時の担当さま、その節は本当にお世話になりました。心から感謝しております。昨年からの担当さま、いろんな相談にも乗っていただき、また細やかにチェックしていただきまして本当に感謝の言葉もありません。どうかこれからもよろしくお願いします。

そしてここまで読んで下さった皆さま、どうもありがとうございます。

情熱の国を舞台にした一冊、楽しんでいただけたでしょうか？　どうかそうでありますように。よかったら、ひと言でも感想などいただけましたら幸せです。

ちょうどこの本の出版直前、今年もスペインで闘牛を見ていると思います。作中にも出てきたサン・イシドロ祭の季節なので、推し闘牛士の晴れ舞台を見てきます。そして帰り道に、ロシアに寄ってバレエを見る予定。こちらでは推しダンサーの舞台も。

また旅の写真もアップする予定ですので、よかったらツイッター等で見てくださいね。これからもどうぞよろしくお願いします。では、また会う日まで。

この本を読んでのご意見、ご感想などをお寄せください。
華藤えれな先生・えすとえむ先生へのはげましのおたよりもお待ちしております。

〒113-0024 東京都文京区西片2-19-18 新書館
[編集部へのご意見・ご感想] ディアプラス編集部「情熱の国で溺愛されて」係
[先生方へのおたより] ディアプラス編集部気付 ○○先生

- 初出 -
情熱の国で溺愛されて：書き下ろし
恋するマタドール：小説DEAR+15年ハル号（Vol.57）
ラブ&ホース：小説DEAR+15年アキ号（Vol.59）

[じょうねつのくにでできあいされて]
情熱の国で溺愛されて

著者：**華藤えれな** かとう・えれな

初版発行：2018年6月25日

発行所：株式会社 新書館
[編集] 〒113-0024
東京都文京区西片2-19-18 電話（03）3811-2631
[営業] 〒174-0043
東京都板橋区坂下1-22-14 電話（03）5970-3840
[URL] http://www.shinshokan.co.jp/

印刷・製本：株式会社光邦

ISBN978-4-403-52453-0